LE MUSÉE DES CONTRADICTIONS

Antoine Wauters

Du même auteur

Aux Éditions Cheyne

Césarine de nuit, 2012

Sylvia, 2014

Aux Éditions Verdier

Nos mères, 2014 (Folio, 2022)

Pense aux pierres sous tes pas, 2018 (Folio, 2021)

Moi, Marthe et les autres, 2018

Mahmoud ou la montée des eaux, 2021

Le musée des contradictions

Antoine Wauters

Éditions
du sous-
sol

Citations en exergue :

Francis Scott Fitzgerald, *La Fêlure : et autres nouvelles*, trad. de l'anglais par Suzanne Mayoux et Dominique Aury, © Gallimard, "Folio bilingue", 2004

Pier Paolo Pasolini, *Écrits corsaires*, trad. de l'italien par Philippe Guilhon, © Flammarion, "Champs. Arts", 2018

Photo de couverture : © Alison Luntz, *That Sunny Day*

Conception graphique : gr20paris

ISBN : 978 2 36468 633 5

Ce qui caractérise une intelligence humaine de premier ordre, c'est son aptitude à garder simultanément à l'esprit deux idées contradictoires sans pour autant perdre sa capacité à fonctionner. On devrait, par exemple, être capable de voir que les choses sont sans espoir et pourtant déterminé à les changer.

Francis Scott Fitzgerald,
"La fêlure"

Mais ces gens à cheveux longs des années 1966-1967, que disaient-ils donc dans le langage inarticulé que constituait le signe monolithique de leurs cheveux ? Ils disaient ceci : "La société de consommation nous dégoûte. Nous nous insurgeons radicalement. De par notre refus, nous créons un anticorps de cette société."

Pier Paolo Pasolini,
"Le 'discours' des cheveux"

Discours de la mer interdite

Nous avons vu de la lumière et nous sommes entrés, monsieur le juge. Dieu merci, vous êtes bon... Non, nous resterons debout. Nous avons vu de la lumière et... Ceci ? Nos anneaux, monsieur le juge. Ce sont nos boucles et nos anneaux. Nous sommes ceux qui percent leur corps. Nous écrivons et dessinons dessus, jouant sur lui comme sur du sable. Notre corps est le peu qu'il nous reste, monsieur le juge. Pour nous, trouer et nous couvrir la peau de signes étranges, y compris à nos yeux, c'est faire quelque chose de beau. Où peut-on encore faire de telles choses, à part sur notre peau ?... Absolument. En nous trouant le corps comme pour nous en souvenir, monsieur le juge, comme pour nous en rappeler, il est certain que nous disons quelque chose que nous ne sommes peut-être pas capables – ou peut-être simplement pas désireux – d'ordonner par des mots, logiquement, ou par des actes, empiriquement ; néanmoins, cette chose, nous la disons. Quelle est-elle ? Voici : nous n'avons plus de place où vivre. Et nous brûlons. Nés il y a vingt ou trente ans (un peu plus, un peu moins – notre âge importe peu), nous n'avons déjà plus que nous-mêmes en ce monde, contrairement à vous, monsieur le juge, qui pour vous abriter des affronts du temps avez à portée de main le musée de la nostalgie (vos souvenirs), car vous au moins vous avez perdu quelque chose. Nous, nous n'avons rien. Nous avançons nus et n'avons plus confiance en aucun mot, aucun acte, aucun discours, aucune vérité, aucun ciel, aucune promesse. Ce pourquoi nous faisons ce que nous faisons, avec nos clous et nos trous. Oui. Nous nous montrons et nous exhibons, c'est vrai, mais, à bien y regarder, les signes visibles et sur-visibles que nous arborons, et qui courent comme des puces d'eau sur le suint gras de notre ennui, ne traduisent qu'une envie : disparaître, quitter le corps mort de ce pays mort, monsieur le juge, le corps mort de l'avenir mangé par la génération d'ogres qui nous y a fait naître, après un retentissant dernier rot ponctuant un royal dernier mets (ils ont pillé le buffet). Voilà de quoi nous parlons. Nous ne voulons plus mêler notre souffle au souffle de la mort. Nous voulons des lieux où nous sommes libres d'aller et venir, de nous aimer, d'écouter notre musique à nous, des lieux où l'air que nous nous efforçons de respirer depuis vingt ans, monsieur le juge, depuis l'heure où nous avons ouvert les yeux sur le carnage laissé par ceux qui nous ont faits, des lieux où cet air-là n'existe plus. Nous n'avons plus de croyances.

La famille, le couple, la nation, l'engagement, la militance, les manifestes – surréalistes, dadaïstes, futuristes –, la religion, la transcendance, le lien, plus rien de tout ça n'existe.

Si.

Il nous reste le climat.

On oubliait le climat, monsieur le juge.

Mais qui a sérieusement envie que le climat soit son combat ? Qui a envie d'élever au rang de droit le fait de respirer ? Personne ne demande à souffrir, n'est-ce pas ? Or nous sommes là. Alors, à défaut de nostalgie, nous nous rendons dans notre musée à nous, monsieur le juge, le musée de la contradiction. Un musée où il y a, d'un côté, l'envie de se faire un peu de mal, de l'autre, l'envie de se faire un peu de bien. Car nous voulons les deux, nous voulons vivre et nous voulons mourir, croire et abandonner, nous aimer et nous entre-tuer, nous caresser doucement et violemment. Aussi est-ce pour cela que nous alternons phases où notre corps, nourri de graines biologiques, est notre but et notre fin, et phases où nous nous déglinguons en vidant l'outre du désespoir, toujours gorgée de vodka. Dans le musée des contradictions, le malheur est total, mais la pensée que d'un merdier sort quelquefois une rose ne nous abandonne pas, monsieur le juge. Et nous sourions. Voilà comme nous vivons. Du reste, tout ce qui nous entoure a cessé de dire son nom. Les mensonges compulsifs se font appeler “omissions”. Les roupies de sansonnet, elles, passent pour des priorités. Et ainsi va la vie, monsieur le juge. Monsieur le juge, quand des mots se mettent à dire le contraire de ce qu’ils disent ou le contraire de ce qu’ils prétendent être, ça vous fout le monde à l’envers, pas vrai ?... Bien. Nous avons la tête à l’envers. Et par-dessus le marché, nous sommes mous. Nous ne savons plus penser ni ce qu’il faut penser, et nous avons comme tentation la tentation du fusil. De sorte que, pour nous réveiller, nous nous pinçons la chair avec des clous et des boucles métalliques que nous y plantons. Ou avec des tatouages. Ou avec des anneaux et parfois même des chaînes. Cheveux argent et or, nous portons des T-shirts à slogans. Un jour nous mangeons gras, le lendemain nous jeûnons. Sportifs le jeudi, alcooliques le reste du temps, ainsi avons-nous l’illusion d’être libres. Mais la réalité, c’est que nous sommes à bout. Comme nos représentants, qui parlent et parlent et ne dorment plus. Comme tout le monde, monsieur le juge. Vidés. À bout. Un jour, pourtant, nous avons voté. Ça remonte à un certain temps et déjà nous n’y croyions plus, monsieur le juge. Or nous l’avons fait. Nous l’avons fait parce que les gens comme vous nous avaient dit de le faire. Et vous savez quoi ? Rien. Il ne s’est rien passé, et celles et ceux que nous avons fait sortir du chapeau des urnes ont aussitôt resombré aux oubliettes. Et tout ce qui s’est passé depuis, c'est que nous sommes tombés malades. Nous avons perdu le goût. Nous avons perdu la vigueur. Et nous avons perdu l'espoir. Voilà pourquoi nous sommes entrés (nous avons vu de la lumière et nous sommes entrés).

Tenez. L'autre jour, nous nous sommes rendus à la mer. Nous avons pris le train de 10 h 01. Nous étions nombreux. Nombreux et exténués. Arrivés à destination, c'était la cohue, monsieur le juge. Mais pour nous, habitués que nous sommes à nous frayer un chemin au milieu de la merde millénaire, quitter une gare pleine de fureur, c'est l'affaire de quelques secondes, et hop !, nous sommes sortis. Puis nous avons marché. Et nous l'avons vue. Au début, elle était basse et calme, et certains ne se souvenaient plus l'avoir vue, tandis que d'autres ne l'avaient carrément jamais vue. Ils riaient, monsieur le juge. Et nous avons sauté dans l'eau. Puis, tous autant que nous étions, nous nous sommes allongés sur nos serviettes de bain, nos boissons énergisantes près de nous. Il devait être 16 heures. Et là, monsieur le juge, au milieu de notre bonheur, la mer s'est mise à monter. C'est une chose qui arrive. Comme l'argent, la mer a une respiration. De sorte que la plage a commencé à fondre, comme les rues de nos villes, comme l'espoir en nos cœurs, elle a fondu, et, à 17 heures, elle se trouvait réduite à une banquise toute riquiqui où, entassés les uns sur les autres, monsieur le juge, nous nous sentions tels des pingouins. Au même moment, assis dans les bars VIP et venus comme nous entendre respirer la mer (mais eux en voiture et nous en train), des gens nous observaient, qui trouvaient que tout allait bien, trinquaient, riaient, écoutaient de la musique. Face à quoi nous avons profité d'un rapide dernier bain, puis nous nous sommes séchés vite fait et, alors que nous avions épousseté nos malheurs, monsieur le juge, au moment même où nos malheurs sous l'effet de l'iode commençaient à se dissoudre, certains se sont mis à se battre comme des chiens. Quelques-uns, monsieur le juge. Pas tous. Nous n'étions pas à leurs côtés. Nous, nous voulions regarder la mer, nous l'avons dit. Nous voulions entendre sa respiration et recevoir quelques nouvelles du ciel et de l'horizon. Mais on nous a demandé de partir. On nous a demandé de lever le camp et c'est ce que l'on a fait, monsieur le juge. La maréchaussée nous a priés de lever le camp. Elle nous a repris le sable. Elle nous a repris la mer. Juste avant, c'était l'air. Et maintenant, non seulement nous devons rendre des comptes, monsieur le juge, mais nous ne pourrons plus nous rendre sur la côte, le littoral étant banni pour les gens comme nous. Avec des trous et des failles. Avec des moyens incertains et parfois pas de moyens du tout. Voilà pourquoi nous sommes ici, pourquoi nous sommes entrés. Il y avait de la lumière et nous voulions parler. Dire ceci : bientôt, nous aussi nous nous battrons. Nous ne savons pas contre qui, car le visage de l'ennemi est flou et les choses ne disent plus leur nom puisque telle est la loi des jours. Mais nous nous battrons, et pour cela, d'avance, nous vous demandons pardon. Nous nous taperons les uns sur les autres, monsieur le juge. Nous nous entre-tuerons, comme des chiens pris de fureur frénétique, parce que nous serons enfermés dans des villes que tous les bancs de sable, et l'air, et l'eau, et le vent auront abandonnées. Pardon, monsieur le juge. Pardon. Nous ferons des choses sales et moches à ceux que nous croiserons, quoi qu'ils nous fassent, et peut-être même surtout s'ils ne nous font rien. Nous serons méchants gratuitement. Comme nous sommes punis gratuitement. Du reste, nous aurons tellement faim que nous tuerons pour une frite et le goût de la mayonnaise au citron, sans parler de croquettes aux crevettes... Le feu au sable des plages ? Oui, nous le mettrons, ainsi qu'aux fauteuils payants et à la vague noire, sale et polluée de l'argent, qui recouvre et engloutit tout. Monsieur le juge, pardon. Nous cognerons aussi (allons au bout) dans les mots-mascarades de ceux qui parlent à notre place sans rien savoir de nous, et, brûlés les uns après les autres, ces mots seront réinventés et retrouveront sens et puissance. Nous disons ceci par amour, monsieur le juge, sur la foi de notre désespoir et de notre amour.

Nous allons nous battre comme des chiens, oui, et nous nous percerons, avec des pointes plus acérées encore, car si notre colère ne le fait pas, nous, nous exploserons.

Discours d'une troupe en pyjama

Mon amour, on l'a fait ! On s'est enfuis par la fenêtre, Oncle Tom, Marcel, Martha, André, Anna la Doyenne, le Grand Moniteur (ancien maître-nageur) et nous, carriers du val. On a pris la poudre d'escampette. C'est fait ! Au début, les premières secondes, j'ai touché mon cœur pour vérifier qu'il battait bien, car j'avais l'impression de mourir. Puis j'ai souri parce que le froid était tel que c'était comme s'il trouait ma joue. Je le sentais courir entre les montagnes grises de mon dentier, caresser ma langue et me parler. C'était doux. T'ai-je dit que c'était doux ? C'était bon et je sentais aussi le froid des graviers du parking où a commencé notre marche. L'EHPAD était plongé dans la nuit, nous venions de passer par la fenêtre du réfectoire et, quand je me suis retourné pour m'assurer que nous étions bien en train de faire ce que nous étions en train de faire, seule brillait la guirlande du sapin de Noël devant la réception. Maudite réception ! Foutu EHPAD ! On n'y retournera plus. Te l'ai-je dit ? Je crois que oui. On s'est mis à marcher. J'avais la gorge serrée à l'idée que Tonton Albin, mon voisin de chambrée, n'était pas de la partie. Mais Oncle Tom disait qu'il nous retarderait avec toutes ses insuffisances, pulmonaires et cardiaques, sans parler du reste. Quelques instants, je suis resté en retrait à regarder ce bâtiment où je venais de passer les dix plus longues années de ma vie. Et les plus chères, aussi. Peu importe. Voyant que l'éclat de la guirlande s'éternisait un peu trop dans mes yeux, Oncle Tom m'a mis une pichenette, il est revenu sur ses pas, il m'a mis une pichenette et il a dit que Tonton Albin serait mieux dans son lit, au calme, puis il a mis une tape au milieu de ma sciatique et on est partis. À présent, on avait quitté le parking et on se traînait le long de la grand-route des Menhirs, près du carrefour de la Croix-Colette. Oncle Tom éructait. Il aboyait des ordres. Martha Lawarrée, la veuve d'Émile, le marchand de fleurs que tu trouvais si beau, me donnait la main. Elle suivait avec peine. Au moins autant qu'Anna, que le Grand Moniteur croyait pouvoir porter mais ne soulevait en réalité que dans son esprit tordu. T'ai-je dit que Tonton Albin ne nous accompagnait pas ? Martha était en pyjama. Elle me donnait la main et moi, je lui parlais pour l'encourager. Les carriers du val, Oncle Tom et les autres, nous portions tous notre pyjama. Une belle bande de cinglés ! Je ne sais plus si je te l'ai dit. On marchait sur la route nationale, chacun dans ses pantoufles et dans son pyjama, puisque tel était l'arsenal officiel à l'EHPAD des Six Myrtilles. À croire qu'ils se moquent de nous ! Le ridicule des noms de résidence pour vieux, mon amour… À croire qu'ils se foutent de nous ! Soit. Le froid me faisait maintenant un trou dans la joue. Mais je le sentais aussi m'escalader le bas du corps, exactement comme en 40. Les pieds et les mollets, tout. Aux gens de notre espèce, on ne donnait rien, aux Six Myrtilles. Pas de chaussures, pas de travail, pas de bière digne de ce nom. T'ai-je dit que tu me manques et que je t'aime toujours ? Pendant dix ans, ils ont placé des bavoirs autour de chacun de mes repas, mis des pailles dans l'eau à la grenadine de mon vin, et m'ont aboyé dans les oreilles pour que je reste tranquille. Ils disaient que j'étais agité, que j'étais dur de la feuille, que j'avais perdu la boule et que la maladie de la mémoire m'avait atteint. T'ai-je dit que pendant tout ce temps tu n'as pas quitté mes pensées, Lucia ? En clôture des repas, on recevait des flans à la vanille. Tu sais combien je n'ai jamais pu blairer les flans à la vanille, qui sont une insulte au goût. Sauf que nos goûts n'avaient pas d'importance, là-bas, car nous n'y existions qu'en tant que problèmes (84 ans pour Oncle Tom, 96 pour Anna, 83 pour moi, 89 pour le Grand Moniteur ainsi que pour Martha Lawarrée, veuve du marchand de fleurs que tu trouvais si beau). Et cependant que le personnel soignant nous priait d'avaler nos petits pots de crème à la vanille, moi, je voyageais à tes côtés. Je me mariais avec toi tous les jours. Bon Dieu de bois, combien de fois n'ai-je pas demandé ta main pendant qu'ils me lavaient, Lucia, comme si j'étais une bête malade ou un morceau de viande ! Combien de fois n'ai-je pas ri de t'imaginer là-haut, penchée sur ton étoile, à ne pas comprendre pourquoi on traitait ton mari de la sorte, lui qui a passé sa vie à fendre des pierres à la carrière ! 3 heures du matin. Il était près de 3 heures quand Oncle Tom a levé la main, car Martha ne suivait plus. Martha avait lâché avant le replat rocheux, pile dans la côte de la Redoute. T'ai-je dit que Martha n'a pas continué ? Oncle Tom a levé la main et il a eu ces mots : “Elle restera ici. Il n'y a pas d'autre solution si nous voulons rentrer à la maison.” Et il a arraché le haut de son pyjama, l'a posé sur les épaules de la pauvre Martha, puis il a poussé plus avant en disant qu'on n'était qu'une bande de feignasses et qu'on ferait bien de se presser un peu. On marchait dans le froid, toujours bien alignés mais plus du tout près de la grand-route. Dans la forêt, dans les pessières que je déteste et les chantoires que j'aime, le long d'arbres abattus où l'on voyait encore distinctement, je te le jure, les restes d'obus de l'an 40. L'écorce noire aux endroits touchés. Des taches grosses comme ma main, Lucia. Toutes noires. Le jour s'était levé. Nous marchions en direction du site de la Belle Roche, là où j'ai officié toute ma vie. T'ai-je dit que le site de la Belle Roche a bien changé depuis nos jeunes années ? Les orchidées ont disparu et des graviers ont fait leur apparition, d'entières routes pleines de pierres et de trous. Soudain, Anna n'a plus voulu marcher non plus. Elle s'est immobilisée sur le chemin. Elle nous a regardés les uns après les autres. Sans un mot. Elle nous a salués. Ensuite, elle s'est couchée sous un fil de fer barbelé, s'est relevée, puis elle a pris par le pré Moutard, au-dessus duquel se trouve sa maison. Quelques minutes plus tard, ce fut au tour de Marcel. Puis d'André. De sorte que tous prirent une direction différente, chacun nourrissant le dessein de retrouver son chez-lui, ce qu'il avait perdu. Ainsi, André voulait porter une fleur sur la tombe de Nina, son épouse, morte au home des Mimosas l'an passé. T'ai-je dit que Nina était morte l'an passé ? Je ne crois pas que tu l'aimais tant que ça. Vers midi, nous n'étions plus que quelques-uns. Les carriers, Oncle Tom et le Grand Moniteur. On ne parvenait plus à bouger. Épuisés, mon amour. Tant et si bien qu'on s'est cachés derrière un cabanon désaffecté et qu'on y a mangé les flans qu'on avait emportés au cas où. Oncle Tom souriait. Puis il a dégoupillé un flan et il l'a balancé par-dessus le cabanon, comme une grenade, en criant : “Couchez-vous ! Tout le monde à plat ventre !” Et, avant que le flan ne touche le sol, il a fait le bruit de la grenade et tout le monde a éclaté de rire. Mon amour (à présent je peux dire “amour”), j’ai ri comme eux, avec eux, mais je n’ai pas demandé mon reste et, comme les autres avant moi, j’ai dit salut à Oncle Tom et je suis parti en direction du lac. Pendant des mois, le personnel soignant m’a dit et répété qu’il me manquait une case, que je n’avais pas toutes mes frites dans le même sachet. “Frites dans le même sachet”, “maladie de Ans Elmer”. Tous les jours la même chose. Mais je ne les écoutais pas. Je ne les écoutais pas parce que je n’ai rien oublié. C’est l’inverse. Je vis planté dans le souvenir des zinnias et des asters du jardin de la maison. Mieux, ces souvenirs sont plantés en moi. Les images remontent, comme une mer, et ton imbécile de mari est immergé dedans. Eux, c’est cela qu’ils nomment “oubli”. Alors que, d’après moi, je n’ai jamais eu mémoire plus pleine et pure. Aucune scorie. Je me suis avancé vers le lac. T’ai-je dit que la carrière est devenue un lac ? Je n’en ai pas cru mes yeux. Un lac artificiel créé par un barrage. Tout le village, Lucia. Tout le village a été englouti, la maison, le jardin, les asters et les roses que tu aimais tellement. J’ignore depuis combien d’années. J’avais froid, la nuit venait de tomber et ce n’était plus un trou dans la bouche que je sentais, non, le froid se déplaçait vers mon cœur. Alors j’ai retiré mon pyjama, comme le soir de notre nuit de noces. Et je me suis allongé sur l’eau. Puis j’ai fait des battements de jambes énergiques comme avec Mme Reuters, ou Reulers, la kiné, et je me suis imaginé porter un masque et un tuba. J'ai pris une grande respiration, et tout ce qui se trouvait autour de moi, tout ce que je ne pouvais plus supporter de voir, eh bien, je l'ai quitté. Bel amour de ma vie. T'ai-je dit quelle sensation délicieuse c'était ? La meilleure. Je me suis mis à couler, mais je n'avais plus peur, car mon cœur s'était habitué. Il y avait des déchets partout. Je les ai ignorés. Je me suis constitué une lampe torche imaginaire et je l'ai allumée, Lucia. Maintenant, je sentais le poids de l'eau sur mon torse. Mes poumons étaient vides mais ils étaient heureux. Longtemps, j'ai continué de nager vers de plus vastes profondeurs, pensant à toi sous le pommier le jour de tes 30 ans, lisant ces livres de poésie dont tu ne pouvais te passer. Il faisait doux. Gonflées comme la chevelure des morts, les algues n'en finissaient pas de me frôler, et c'est alors, tandis que je nageais au milieu d'elles, au milieu de la chevelure des morts, que j'ai vu, de mes yeux vu, le toit de la vieille église Saint-Nicolas, ma belle, et l'esquisse de la terrasse du Café Émilien où nous jouions aux cartes le dimanche après-midi. Plus loin, le jardin. Et, entre deux allées, toi qui suspends le linge et moi qui casse des mottes avant d'y enfoncer des bulbes de pommes de terre. Maurice Chevalier à la radio, chez Tante Rosalie. Puis ta main comme un baume sur ma nuque et ces mots, “Je t’aime”, qui me suivent et me portent alors que je descends vers la carrière avec ma chasse, ma massette et ce début de sciatique qui me pourrit la vie. De temps en temps, je levais les yeux vers la surface, où je m’imaginais qu’une petite barque m’attendait, mais il n’y avait plus de surface et aucune petite barque. D’ailleurs, je ne nageais plus. J’avais atteint la profondeur rêvée. À défaut d’atteindre les étoiles, j’avais coulé là où je pouvais toucher les rideaux bleus de la chambre où nous avons joui l’un de l’autre tant de fois et où, accoudé à la fenêtre d’où je tirais les pies et les corneilles, je pouvais te voir sourire sous le cerisier, me faisant signe de te rejoindre, ta bouche modelant une à une les lettres de mon prénom. Qui a dit que vieillir, c’est oublier ? J’ai rejoint la mémoire des choses. J’ai nagé jusqu’à me revoir enfant. Jean des prairies, en culottes courtes. Si seulement ils savaient, aux Six Myrtilles, comme je suis bien ici. Au loin, mon père court dans ma direction et hurle pour que je garde les bêtes et le troupeau, au lieu de les semer dans le vent. Je sens le parfum de maman, sa force virevoltante. Dans le verger, tu cueilles une pomme pour moi, debout sur l’échelle, tes fesses rondes comme deux pains aux noix de Tante Rosalie. Tu chantes un vieil air de Verdi, le ciel est clair. T’ai-je dit que mes cheveux aussi ont blanchi ? Qu’il n’y a plus aucune ombre en moi ? L’oubli est une seconde mémoire, Lucia.

La fenêtre par où tout revient. T'ai-je déjà dit tout ça ? Que dirais-tu d'une partie de cartes, mon cœur ? M'épouserais-tu ?

Discours du château en cendres

Nous sommes entrés pour vous parler, Oh-la-voisine. Nous sommes venus nombreux, moi et mon frère, moi et notre immense quantité de forces jamais vaincues. Mon frère ne parlera pas. Je serai sa voix. Vous le voyez bien, mon frère ? Vous le voyez comme il faut ? Regardez-le. Il est là. Il n'entend rien de ce que je raconte. Il fixe le milan qui aimerait emporter les poules de chez Lulu, mais pour lui il n'y a plus de milan et plus de poules de chez Lulu. Mon frère est un légume, Oh-la-voisine. Et c'est à cause de vous.

Vous le voyez ?

Ses yeux et la façon dont il fume son bout de liane, les rides qui courent et creusent sa trogne d'enfant cassé. Depuis hier, je les regarde, les rides de mon jeune frère, puis je regarde ses mains, ses doigts courts et ronds et ses ongles sales truffés de fiente des poules de chez Lulu. Les longs ongles et les doigts rabotés de mon tout petit frère, assis dans le talus le cul entre deux tanaisies. Ses doigts qui ouvrent à toute vitesse le paquet de Doritos que j'ai acheté chez la Vieillesse (ainsi nomme-t-on Berthe, l'épicière), mais qui tremblent trop pour les manger. Moi, même si on me dit méchant et qu'on me met des tartes et des raclées à la maison, pour mes humeurs et mon caractère, j'ai de la peine de le voir comme ça. J'ai de la peine. Alors je lui émiette les chips dans la main, et il les mange, Oh-la-voisine, puis il oublie.

Il est midi.

Hier, il était encore avec moi, c'était mon frère. Et maintenant, c'est une plante. Il cligne des yeux, baisse sa casquette, essaye de se relever, cherche l'ombre, et le voilà qui lèche à nouveau ses doigts, le milan toujours au-dessus de lui. Son ombre monumentale. Si seulement on vivait sous son ombre, l'ombre éternelle des grands milans. Si seulement, gamins de la crasse élémentaire, on pouvait s'élever un peu. Voir l'envers de la boue et des boyaux de toujours. Tous les jours des boyaux. Nos parents s'en moquent, car nous appartenons à la catégorie des mioches non choyés et salement tombés sur terre. Pas de piscine, pas d'instruction, pas de tendresse et pas l'ombre de ces leçons à domicile pour les enfants destinés à la vie de décideurs. Nous ne porterons pas le badge rose du travailleur. On restera crottés, hirsutes et pleins de poux. Aussi longtemps que sera le ciel, le haut et vaste ciel où chaque jour nous plongeons, Oh-la-voisine.

Nous avons nos vélos.

Ce sont nos ailes.

Nos instruments de cavale.

Sans eux, mort des enfants Delwaere. Charly Delwaere et Jules Delwaere. Enfants maudits de Marie-Christine Castagne et de Jean-Philippe Delwaere, aussi appelé Phiphi, aussi appelé le Boxeur.

Notre chez-nous se trouve en bas, loin des terres où se plantent les vérandas, annexes et panneaux solaires des gens comme vous. Nous, on a le baraquement avec l'abri de jardin. Vous le connaissez. Vous n'aviez pas envie de descendre jusqu'à nous, hier. Pourtant vous l'avez fait. Vous vous êtes garée à distance. Vous avez marché dans l'allée et le bruit des cailloux ne vous plaisait pas, car c'était comme s'ils vous souillaient, à la fois dans votre âme et dans votre chair (un petit poids de pierre pesant, pesant sur votre cœur, Oh-la-voisine). Vous avez sonné. Notre mère vous a ouvert. Et là, vous lui avez dit ce que vous aviez vu. Ce que vous veniez de voir. À propos de nous. Ensuite, vous êtes partie et, depuis, mon frère a le visage qu'il a. Fixez-le. Il observe le milan, le soleil. Je lui fourre des chips dans la bouche mais je ne suis même pas sûr que le Boxeur ait épargné son sens du goût. En raison de vos mots, Oh-la-voisine. Vous avez les mots, pour blesser. Vous cognez comme ça, gens des bosses de verdure, mobiles, rapides, soignés et appétissants, vous les actifs, les sveltes, les doux et les cléments, aux masques d'argile et aux fruisanes souvent exquises. Vous cognez comme ça.

Vous avez ouvert votre grande gueule.

Une nuit est passée.

Et dans l'intervalle la tornade a frappé. Papa. Phiphi. Jules s'est retrouvé au sol, menton déboîté, os fendu au milieu. Maman qui hurle et fume les cigarettes de la terreur, incapable de bouger. Par votre faute. Vous l'avez fait. Mais nous, nous allons dire autre chose : nous savions que nous ne pouvions pas aller jouer dans les ruines du château, nous le savions depuis qu'il a brûlé. Mais nous y sommes allés quand même. Nous l'avons fait. Pas seulement pour fuir le Boxeur, mais parce que, dans le château, il existe une présence.

Un vieil homme qui a le visage d'Oncle Benjamin. Le frère de Phiphi. On l'aimait. Il est tombé tout dru au milieu de la ferme à 44 ans. Tak ! Il y a trois ans. Et tout est devenu désert, depuis. Sa mort a desséché le monde. On regardait son étang aux oies, on regardait son marais, on faisait le tour de sa cabane, mais on ne le voyait plus. Il avait tiré le rideau.

Puis, un jour, le château a brûlé. Il est parti en flammes et c'est comme si celles-ci lui avaient montré le chemin. Et il est revenu ! Oui ! À présent, on le voyait allongé dans la cendre. On l'entendait tousser. On lui parlait. Tu tousses beaucoup. C'est vrai, disait-il. Ça va passer ? Oui. T'es sûr ? Oui. Pourquoi ? Tout passe, disait-il.

D'autres fois, il faisait du feu pour nous, puis il nous emmenait marcher en dehors des cendres, à l'air, dans des endroits que ni maman ni le Boxeur ne trouveraient. Ceci est le chemin le plus court, disait-il. Le plus direct pour atteindre la source. On boira là ! Venez ! La vie nous semblait belle avec lui. Et elle l'était, Oh-la-voisine. À présent, mon frère porte une... Oui, c'est une prothèse. Vous avez les mots. Vous êtes désolée. Vous êtes innocente. Bien sûr. Car, comme tous les coupables de notre temps, non, vous ne vouliez pas qu'un drame arrive.

Oncle Benjamin.

Quand on ne le trouvait pas en arrivant au château en cendres, on le cherchait. Et si, malgré nos forces fières et incapables de se dire vaincues, il ne se montrait toujours pas, on restait là, sur la pierre, à l'attendre en regardant le ciel et le milan par-dessus les poutres calcinées. On n'avait plus envie de chips, on ne voulait plus rien. Parfois, il nous disait des choses qu'on ne comprenait pas. Le fait que les pères font ce qu'ils peuvent et que, trop près de ceux qu'on aime, il arrive qu'on leur fasse du mal. Des trucs comme ça. Puis on le voyait sortir son Opinel, ramasser une branche de sureau et y sculpter une flûte mignonne, un mince pipeau. Pour nous. Il nous apprenait les oiseaux. Un pinson des arbres, tonton ? Loupé ! Une alouette lulu ! Et là, tonton ? Une bondrée, avec des barres sur les rémiges, des stries dessous les ailes. Et là ? Un avion, bande d'imbéciles, un avion de la Lufthansa !

Que ce soit dit.

On savait bien que c'était la dernière fois qu'on y allait, hier, au château. La veille, Phiphi avait bien dit qu'il tuerait celui qu'il trouverait dans les parages. Il avait prévenu. Si bien qu'on y est allés en se planquant. On a escaladé l'échelle. On faisait de l'équilibre sur les poutres, tombant et se relevant... Ce qu'on voulait ? Lui dire adieu, être sans regrets. Aussi, on s'est agenouillés en le voyant. Il avait quelque chose de Dieu, étendu dans la crasse au fond de la pièce aux armureries. Impeccable. Immuable. On s'est tus. “Un squelette plongé dans la crasse, a dit mon frère. Un beau squelette.” Et il a entrepris de le toucher en lui parlant pour le saluer : “Adieu.” Puis, se tournant vers moi, il a dit : “C'est bon, on y va, on rentre.” Mais moi, allez savoir pourquoi, je me suis allongé à côté de lui, à côté d'Oncle Benjamin, à côté de mes rêves et de mes envies. J'ai attrapé sa pipe – même mort, oui, il fumait –, je l'ai arrachée à ses doigts et l'ai glissée entre mes lèvres. Voilà, je me suis calé la pipe de tonton entre les lèvres et, en imitant sa voix très basse, j'ai dit que tout ça était notre secret, que personne ne saurait ce qui s'était passé ici, au château. Nous trois. Nos jeux. La joie. Puis j'ai baisé ses joues, son front et sa poitrine. Et de ma voix d'enfant, cette fois, en faisant un gros effort pour ne pas fondre en larmes, j'ai dit : “D'accord, ce sera notre secret.” Puis je me suis levé, j'ai empoché sa pipe et je suis resté là, avec mon frère, mon petit frère, à reculer dans la nuit en contemplant le corps de plus en plus lointain de tonton, comme un paysage qu'on survole, qu'on quitte, auquel on dit adieu. Ensuite, on est rentrés et vous étiez là. "Je les ai vus jouer dans le château." Ces mots, en désignant Jules. Bon Dieu de bois, Oh-la-voisine, pourquoi lui ?

Discours du paradis

Nous aussi, nous avons vu de la lumière et nous sommes entrées. Dieu merci, vous êtes bon... D'accord. Nous ne vous appellerons pas. Vous n'aimez pas que l'on vous appelle. Nous sommes entrées à cause du calme. Plus que la lumière, oui, c'est le calme qui nous a plu. Le même que lorsque nous arrosions le basilic dans nos antiques vérandas, ou que, immobiles dans notre bain, nous avions le sentiment de nous dissoudre, Seigneur Dieu. Pardon. Nous ne vous appellerons plus.

... Qui nous sommes ? Celles qui ont toujours eu besoin de s'éclipser, qui n'ont jamais pu se maintenir à la surface des choses et qui, pour ne pas tomber, ont refusé la vie.

Nous ne sommes pas en paix.

Nous ne l'avons jamais été.

Et, sachant que nous avons le sursaut facile – peur de tout – et que nous avons grandi sous la cloche de verre de la religion et du mensonge universel, nous n'avons pas trouvé notre place. Jamais.

Un rien nous courrouce.

Une voiture qui nous frôle ? Un bruit de moto ? Une fiente de pigeon ? Un simple battement d'ailes ? Nous bondissons ! La peur, toute notre vie nous l'avons sentie. Petites, nous la sentions dans le bus qui nous menait au pensionnat. Puis lorsque nous devions répondre aux questions démoniaques des bonnes sœurs de ce même pensionnat. Nous la sentions quand des garçons, plus tard, se mirent à nous reluquer le cul et aussi, à la même période, à chaque pas que nous faisions et qui nous éloignait de nos chères cambrousses, dans ces villes insensées où nous craignions de nous faire terrasser par quelque automobile, ou quelque camionnette de firme de blanchissage, à la façon de Roland Barthes.

Peur d'être abandonnées.

Peur de nos pères et du sinistre lignage auquel nous appartenions : des curés n'ayant pas eu la force de le devenir – leur chair brûlait –, des types secs et violents qui auraient dû se faire moines et vivre en votre gloire, croit-on. Mais soit. Il y a autre chose : nous nous sentions *abstraites*. Vous a-t-on déjà dit quelque chose de semblable ? Vides et vierges y compris quand nous étions au mieux de notre forme. Voilà ce que nous étions. Qui nous sommes.

Avons-nous jamais été au mieux de notre forme ? Non, car, toute notre existence, nous l'avons subie. Peur et trouille. Le seul endroit où nous nous sommes senties justifiées, c'était le mètre soixante sur deux de notre lit. Dormir pour mourir et ne pas entendre le serpent à sonnettes de la folie, lequel pourtant braillait en nous à travers les cris et les folies pieuses de nos pères. Notre famille ? La famille des dormeurs, ces morts qui n'ont pas dit leur dernier mot. Donc notre lit, d'une part. Et notre travail à l'université, d'autre part : fouiller les archives du musée de la pensée humaine. Trente années de suite, fouiller et farfouiller au milieu d'archives appartenant à ces époques où des gens comme Barthes (mais nous nous occupions de jours bien plus anciens) croyaient bon de consacrer leur vie à penser, puis, par l'écrit, à éclairer ce qu'ils avaient vu. Leurs pensées comme autant d'invisibles rendus visibles par les mots, si vous voulez. Peu importe. Ça n'existe plus, car il en va ainsi des choses : elles finissent dévorées, il n'en reste rien. Mais nous nous égarons. Nous sommes entrées à cause du calme que nous a inspiré votre "bureau". Un endroit où ce que nous avons à dire pourrait être entendu et où nous pourrions poser des questions, peut-être, en attendant votre verdict.

Soyez doux, n'est-ce pas ?

Hier, tenez, nous avons rencontré un homme. Qui, quand il s'est approché, avec dans le regard la triste marque de la faim, nous a instantanément fait ressentir du dégoût. D'habitude, nous ne disons pas ce mot. Nous le disons cette fois, car dès la première seconde il nous a mis le cœur à l'envers. La trentaine. Mais la pauvreté est précoce et, qui sait ?, il n'avait peut-être que

20 ans. Coréen. Fou. Atroce... Quoi ? Pas du tout ! Il n'y a pas moins racistes que nous !

Nous aimons le Tchad.

Nous pensons que le monde, le ciel, la mer et les étoiles nombreuses appartiennent à tous. Encore l'été dernier, nous étions à Bali !

Bien plus, s'il nous arrive de ne pas pouvoir donner, nous ne craignons pas de dire que nous ne sommes pas radines. Nos pensées sont à gauche. Résolument. Nous ne voulons ni de la pauvreté ni du malheur. Même s'il en va autrement dans les faits. Que voulez-vous ? Il y a ce que l'on souhaite et ce que l'on obtient.

Nous sommes mères, oui. Au début, nous pensions être des mères idéales, mais nous nous sommes rapidement aperçues, par exemple, que nous n'aimions pas écouter nos enfants. Jacques. Paul. Robert. Élisabeth. Lison. Rentrant de l'école, l'insupportable fange de l'odeur de cantine collée à eux, ils nous parlaient (l'enfance comme un long monologue impossible à encaisser par l'adulte) : "On a fait ça, Mère, puis ça, et ça." Et nous, vous voulez qu'on vous dise ? Tous ces trucs contés à travers la morve de leurs cavités réunies, tous ces trucs nous passaient au-dessus de la tête. Est-ce que nous les aimions moins fort pour autant ? Non.

À cause de nos travaux au musée des pensées perdues, de toute façon, nous en étions venues à ne plus les entendre. Car nous pensions ou à ces savoirs anciens ou à notre sommeil. De sorte qu'au-delà de leur neuvième année (jusque-là nous les écoutions encore vaguement, puisqu'ils pouvaient avoir besoin de nous) nous avons tout à fait cessé de vivre dans le même monde que le leur. Désormais, nous ne faisions plus que des gestes mécaniques, machinaux et itératifs : les conduire au sport, préparer la sauce bolognaise, placer les assiettes idoines sur la table adéquate, leur souhaiter bon appétit. Avons-nous fait des mères atroces ? Avons-nous fait pire que les autres ? Nous savons qu'ils nous ont aimées. Quelque part, ça nous suffit. Du reste, nous n'étions pas en mesure d'agir autrement. On fait tous des bêtises et on a tous les mains enchaînées, même les mères avec un travail, une éducation et des maris aussi riches qu'absents. Même pour nous, vous savez, la vie est dure. Peu importe. Nous sommes à votre droite, maintenant. Ici. Et que la vie soit pénible ou non n'a plus aucune espèce d'importance. N'est-ce pas ?

Hier, donc. Nous marchions dans le centre-ville. Nous nous trouvions devant le bar à sushis, ou le bar à lunettes, ou celui à lentilles corail où nous venions de faire provision (il était quelque chose comme 17 heures) quand, tandis que nous nous étions figées pour ôter d'un de nos escarpins un minuscule caillou, un pied en l'air et la jambe à demi repliée, les ongles bousillés de nos orteils dans le vent rogue, nous l'avons vu. Ses yeux vagues. Il nous fixait et se dirigeait vers nous avec son triste gobelet d'affamé et... Trop tard. Le type se tenait à quelques mètres, il avait besoin de 3 euros pour dormir à l'auberge. Ils veulent tous dormir à l'auberge. Que ce soit dit : il ne portait ni masque ni protège-nez, de sorte que nous nous sentions non seulement mises à nu, mais en danger. On pense tous à la contamination. Toujours est-il qu'il n'était plus qu'à quelques centimètres lorsque, voyant sa bouche telle une puce d'eau mettant le cap sur notre intégrité, nous avons remis notre escarpin, sans en ôter le caillou, et pris la fuite.

Voilà.

Vingt minutes passent.

Nous avons oublié le lascar et sommes en extase devant la vitrine du bar à pancettas, l'un des meilleurs, dans le quartier des bars à caniches. Et soudain – bam ! – le revoilà. “Monsieur, disons-nous alors tout en nous détournant, nous n'avons rien !” Et, avec le geste de chasser un taon, ou quelque mouche sur un baba au rhum, nous lui demandons de nous laisser. Et lui, tout en nous désignant du doigt (nous, notre vieillesse rendue fière et fringante grâce aux prothèses de la richesse), tout en nous désignant du doigt, comme pour dire : C'est faux, vous mentez, le voilà qui s'éloigne. Il part, avec la tendre et lente démarche de qui traîne à la fois son cadavre et son propre tombeau. Une résignation qui nous plut. Puis qui nous inspira de la stupeur. Une seconde, oui, enfants du catéchisme et du rosaire, filles de Jésus, nous venions de penser que nous étions contentes, que c'était une bonne chose que ce Coréen de malheur, ou ce Chinois, ne se dressât plus entre un de nos nombreux plaisirs et un de nos autres nombreux plaisirs, ou une de nos nombreuses joies et une autre de nos nombreuses joies.

18 heures venaient de sonner. Les pancettas guignaient en notre direction et, refusant de nous laisser corrompre par la déprime, et ne voulant surtout pas louper le coche, nous en avons acheté pas moins de 230 grammes.

230 grammes, parfaitement.

À nous en faire péter le slip, Seigneur !

Mais non.

Car, de retour chez nous, il nous sembla que le petit caillou que nous n'avions pas retiré de notre soulier, que le maudit caillou pesait maintenant sur notre cœur. Il pesait et pesait, Seigneur, comme un petit poids de pierre, de peur et de regret. Et le temps de dire “aïe”, il n'y avait plus personne pour dire “aïe”. Nous étions là, à vos côtés.

Alors, paradis ?

Discours d'au-delà du Mur

Bonjour. Nous, c'est Sarah, Jessica, Steph, Louisette et Manon. Et nous avons le regret d'avoir mis nos enfants au monde. Que ce soit dit. Nous en sommes désolées. Excusez-nous. Nous n'avons pas commis le pire, mais nous n'aurions pas dû faire ça. Nous voulions un horizon pur, où l'être de leur être serait heureux, où rien ne s'effondrerait. Un monde habitable.

Or, s'il est impossible de le décrire avec des mots, si le monstre qui nous met à genoux a trop de visages pour être connu, et si quand nous tirons nous ne manquons pas de rage mais tout bêtement de cible, toutefois nous le hurlons : nous ne supportons plus le "système" et nous n'y croyons plus, cela indépendamment du fait qu'il nous échappe de tant de façons, et que nous n'en atteignons jamais le cœur. En revanche, nous avons nos nerfs. Nous savons que le monde se détraque. Et nous le savons parce qu'en nos nerfs il se détraque aussi. D'autres incendies, d'autres bateaux qui sombrent, d'autres réchauffements, d'autres tsunamis. Sa maladie se rejoue en nous, en plus petit. Nos angoisses et nos insomnies sont les siennes, ses propres douleurs, ses contradictions. En nous, le monde a mal, il souffre et il le dit.

Certes, nous pourrions être contaminées par la joie, mais les temps sont ce qu'ils sont et la douleur nous frappe. Elle frappe. Un jour, on se surprend à avoir mal aux arbres, aux oiseaux. Le lendemain, à l'avenir, aux jeux de nos enfants. On cherche le moyen de guérir. Où espérer ? À quoi s'accrocher ? On cherche un nom pour les siècles à venir. Un nom décent. Un nom possible.

Petites, déjà, nous avions une dent contre le "système". Jamais nous n'y avons cru. Des anarchistes pur jus. Aussi, lorsque nos pères faisaient cracher leur réveil-machin pour aller vendre des voitures de sport, ou tartiner des parkings de béton devant des centres commerciaux qu'ils construisaient, nous, nous rêvions de la chaleur de Kiko et James (ainsi appelions-nous nos chats), abhorrions l'école qui nous rendait molles et conformes, et voulions la douceur de nos mères, uniquement la douceur de ces merveilleuses femmes ayant toujours fait ce qu'elles pouvaient, tant avec nous qu'avec leurs mâles. À la radio, il y avait les mots de Thatcher : "Il n'y a pas d'alternative." Mais nos pères continuaient de se tuer à la tâche et leurs maisons, nos maisons, se voyaient "upgradées" au fil des mois et des années, recevant le cadeau qui d'un garage carrelé, qui d'une annexe, qui d'une authentique allée de jardin avec, en bout de course, une terrasse et un barbecue en dur.

Et nous, nous jouions par-dessus tout ça, par-dessus l'incendie et la violence d'un monde où la plus petite parcelle d'air menaçait d'être vendue. On ne refera pas le match, mais maintenant qu'ils sont là, nos moutards, on fait quoi ? Où les cacher des parkings sauce béton ? Comment les préserver des pelleteuses ? Nous y avons pensé. Et c'est ainsi que germa l'idée que nous pourrions prendre le large. Ce que nous fîmes. Il y a trois ans. Nous quittâmes nos anciennes fonctions. Institutrices. Bibliothécaires. Gestionnaires de réseau. Infirmières. Juges. Bye bye ! Nous étions jeunes, nous étions belles, nos patrons nous aimaient. Car nous avions, si l'on peut dire, mis nos rêves en veilleuse afin de servir leurs intérêts et un ensemble de causes toutes extérieures à nous (il faudrait réécrire l'histoire comme un millefeuille de causes toutes extérieures à nous, mais intériorisées au point que nous les considérons comme justes et indépassables). Bref, nous étions les instruments d'une volonté sourde qui constamment braillait : Travaille ! C'était le 6 juin 2018 et nous nous en souvenons. Nous avons serré la main de nos patrons, rendu les clés de l'appartement, fermé la porte de la ville et pris l'autre chemin, coupant à travers champs. Un chemin différent, n'appartenant qu'à nous, même si nous étions nombreuses à faire ça et qu'il ne s'agissait que d'un autre visage de la grégarité. On s'en fout. Nous ne le regrettons pas. Nos journées sont plus douces, nos enfants près de nous. Nous avons nos poules, nos saisons. Nous refusons de nous alimenter chimiquement et ne produisons plus de déchets. Car ou nous les mangeons, ou nous les faisons disparaître dans les vapeurs de nos composts... Nos masques de beauté ? Nous les réalisons avec l'argile des parois rocheuses et les fientes de nos filles (nos poules). Nous ne produisons plus rien, effaçant jusqu'à nos propres souffles.

Blanches, nos respirations.

Blancs, nos efforts.

Blanc, notre sang lavé de toute trace d'alimentation animale.

Purs esprits pour la beauté du monde, ainsi sommes-nous.

Aussi, plus nous sommes pour effectuer une tâche, mieux c'est. Et plus elle nécessite de temps, plus nous sourions ! Ne croyant plus qu'en des dieux potagers, nous avons nos myrtilles. Elles ont du goût, mais plus encore une âme. Voilà pourquoi nous leur parlons, les touchons. Près de la yourte, un autel pour les anciens, pour les arbres, sans qui nous ne serions pas là, pour les astres, qui sont nos mères et nos grand-mères, et pour Pachamama. "Gloire aux poils qui ont recouvert nos corps, hurle-t-on chaque matin, car ils nous ont ressuscitées !"

... Nos enfants ? Hans. Anouar. Jim. Juliette. Lucette. Marceline et Martin. Ils bricolent, tressent et tricotent des bonnets péruviens dans l'étable où nous avons nos cultures d'insectes, que nous mangeons, n'achetant plus rien dans les magasins de la mort. Pour nous trouver ? Cherchez en direction des bois. Quelque part, il existe un Mur Vert, semblable à celui dont parle Zamiatine, un mur caché, passé lequel nous avons déployé nos rêves, à l'opposé de ceux de nos pères, mais il est vrai que ceux-ci n'en avaient pas et faisaient ce qu'ils faisaient en robots. Nous, nous voulons le retour des lucioles, du printemps. Rester espiègles, légères. Que nos enfants soient libres de se vêtir ou non, d'apprendre à lire ou non. Nous ne voulons plus jouer le rôle de super parents, qui savent et anticipent tout. Nous voulons être vraies et sommes prêtes à dire que nos enfants en savent sur la vie bien davantage que nous. Ils portent la culotte. Ils représentent la loi, ils sont la loi. Chez nous, ils la font.

Il y a plus : nous croyons que des dieux vivent cachés dans le babil de nos petiots. Nous croyons que le murmure des dieux est à trouver en eux. Ce que nous leur apprenons (et nous disons cela les larmes aux yeux, parce que ce qui est vrai, c'est que nous ne nous sommes jamais senties paumées à ce point), c'est à écouter avec leur cœur, leurs émotions, et à accepter l'autre comme il est. Nous leur parlons : de choses positives, de façon positive, afin qu'ils réagissent positivement.

Plus d'ordres.

Plus de sermons.

“Tu ne veux pas ? Bien. Tu sais ce qui est bon pour toi.”

Voilà comme nous faisons. Puis nous pleurons dans notre tente à sudation, les joues ruisselantes, et dormons trois journées de suite sous nos parapluies verts, notre chat Djidji sur la poitrine. Une éducation spirituelle, créative. Une approche shintoïste… Nos ordinateurs ? Brûlés. Certes, il eût été possible de les donner, mais nous avons nos violences et il nous plut de les brûler. Nos listes de contacts, nos pseudos, l'ensemble d'une vie apocryphe et stérile ? Brûlés aussi !

Les années ont passé, mais nous avons gardé la rage. Certes, nous touchons des aides de l'État sous forme d'allocations chômage, mais c'est un sujet dont nous préférons ne pas parler (on a tous son jardin secret, non ?). Aussi, quand nous avons quelque pépin, nos mères volent à notre secours, arrachent les liserons du désespoir et nettoient le poulailler. Contrairement à nos pères, qui ont honte de nous. Elles nous glissent des sous dans la main. Des sous qui nous permettent de payer ce que notre soif de liberté ne suffit pas à rendre gratuit : la location de l'aérosol des asthmatiques, les 30 euros d'abonnement téléphonique (un téléphone pour tous, ça ne mange pas de pain), le mélange huile/essence pour nos machines de guerre, le vétérinaire pour les bêtes et tout ce que coûte Batman, notre cheval de trait.

Quelquefois, nos mères s'assoient et font du feu, posant sur la cendre une grille où elles cuisent les saucisses au fenouil du temps jadis. Après quoi, elles entonnent les chansons d'autrefois. Et endorment notre douleur avec des chamallows tout droit sortis du chapeau de leur tendresse. Et, quelques instants alors, nous revient la plénitude qui nous manque tant. La joie pure et pleine de notre pure enfance. La joie sauvage de nos premières années. Celle qui fait que, demain, nous nous lèverons et nous recommencerons, creusant toujours plus en retrait de ces lieux maudits que nous avons fuis. Et que, malgré l'usure et la fatigue, nous le ferons à la façon de ces merveilleuses femmes : improvisant des chants contre la peur, au milieu de celle-ci.

Discours des bétonnières

Nous sommes nés il y a quarante ans tout juste. À côté des ânes, dans l'étable miteuse de la ferme, nos mères n'ayant pas eu le temps de trouver le chemin des Bruyères, l'hôpital du coin. Si bien que nos pères nous ont toujours considérés comme tels : des ânes. Des ânes et des idiots.

Ils avaient des folies, nos pères, eux qui avaient placé une cinquantaine de poules dans les trois chambres inoccupées de la ferme et qui, régulièrement, se pointaient avec une lampe au milieu de la nuit, nous tiraient de notre sommeil et nous forçaient à aller nous asseoir sous la douche de lumière afin de les caresser, de caresser leurs chères cocottes qui se bâfraient des grains jetés sur le lino. Pour le reste, nous étions des enfants normaux. Nous aimions jouer dans la boue et nous bagarrer. Nous n'aimions pas nos maîtres d'école. Mais l'école, oui, car elle était une respiration. Le mieux, c'était lorsque nous nous cachions derrière des calculs complexes. Là se trouvait la paix. Notre écriture, en revanche, laissait à désirer. Des pattes de mouche, disaient nos profs, à qui nous avons bousillé la vue. À 10 ans, nous savions conduire le tracteur John Deere 3350 de nos pères et étions autonomes dans les principaux travaux de la ferme. Nous savions traire, menions paître les bêtes dans le pré derrière le terrain de foot, les faisions obéir et connaissions les gestes et les façons de former des ballots, l'été venu. Avec notre troisième main, celle créée par la fourche très aiguisée des paternels, nous matâmes même un jour le taureau noir que nous appelions Hanscrouf. Il chargeait dans notre direction ! Quant à nos mères, disons qu'elles ont toujours été les assistantes personnelles de nos pères, dans le sens où ce qu'ils ne faisaient pas, elles le faisaient. Eux étaient branchés tracteurs ; elles, fosses à purin. Elles trimaient. Mais rien ne les arrêtait et jamais nous ne les avons entendues se plaindre de quoi que ce soit, ne serait-ce que d'une douleur lombaire. Nos pères, eux, se montraient pantouflards. Leur journée terminée, ils plongeaient dans le sofa calé à un mètre trente du meuble télé, et il ne fallait plus prononcer un mot. Cuits. Le boulot les avait terrassés. Ils restaient là, buvant et bouffant des quantités astronomiques tout en regardant le JT. Après quoi ils faisaient grincer le bois de l'escalier et disparaissaient avec elles. Ils fermaient la porte de leurs “appartements”, d'où toutes sortes d'éructations et de glapissements, qu'en dépit de notre jeunesse nous excellions à interpréter, se mettaient à fuser. Leur lit cognait contre le mur, le sol semblait pris de hoquets et nos mères, que nous imaginions pendues aux rideaux, hurlaient des atrocités tandis qu'eux, à l'exception de quelques coquelinements, restaient spectaculairement silencieux. Cela durait. Nos nuits d'enfance sont tout entières remplies de leurs coups de reins trouant le plancher. Quand ils avaient fini, nous devions les suivre dans les trois pièces éclairées par les spots froids de leur folie. Nourrir les poules était un sport qui n'avait pas la même saveur quand nous n'étions pas là.

"Allez ! Ouste !" Et nous quittions nos rêves, montions d'un étage et nous retrouvions dans ces trois chambres bourrées de fiente caquetante, à les regarder vider des canettes de bière tout en nous ordonnant de rester assis contre eux. Tout contre. Quelquefois, il nous semblait les entendre pleurer, mais nous chassions de nos esprits ces sombres pensées, car l'idée que nos pères pussent pleurer, non, c'était absurde.

Lorsque nous finissions par nous endormir, ils jetaient sur nous de vieilles couvertures pleines de puces et, pour nous qui n'avons jamais eu le sentiment que ces hommes nous aimaient, c'était divin. Certes, ils avaient besoin de notre force et de notre jeunesse. Et sans ces qualités pas de doutes qu'ils nous auraient envoyés paître dans quelque internat pour idiots au-delà de la fagne Saint-Rémy. Mais lorsqu'ils faisaient ça, oui, lorsqu'ils nous réchauffaient avec la couverture aux puces, c'était divin.

Cela étant, l'école finit par devenir un lieu peu agréable. Nous y dormions beaucoup, avachis sur nos bancs. Au point que nos maîtres se mirent à penser que nous avions versé dans cet âge où les calculs complexes cessent de compter, ce qui était tout sauf vrai. À 12 ans, rien ne nous plaisait davantage que les calculs complexes. Mais, avec nos fatigues cumulées, nous n'étions bons à rien. Aussi, tout le temps infini que durait la classe, nous rêvions d'un garçon de notre âge, qui aurait pu être nous et qui, d'une certaine façon, était nous, mais changé, modifié, sublimé, car nous ne voulions pas d'un garçon comme nous dans nos rêves. Nous voulions un garçon charmant, calme et, disons-le, moins condamné que nous. Aux parents riches. Qui l'aimaient. Voilà. Un garçon qui riait aux éclats avec d'autres enfants et qui aimait se mêler à eux, jusqu'au jour où il se sentait "bizarre", parce qu'il avait une attirance pour les autres garçons. Les maths et les garçons.

Combien de fois n'avons-nous pas rêvé de lui ? N'avons-nous pas souhaité être remplacés par lui ? Renaître en lui ? Combien de nuits, collés à nos pères, n'avons-nous pas souhaité leur parler de notre obsession pour ce garçon imaginaire, et néanmoins réel ? Soit.

À 19 ans, à cause des réglementations européennes en matière agricole, les fermiers durent se reconvertir. Ils devenaient ingénieurs et gestionnaires. Ou ils crevaient. Ils suivaient le sens de l'histoire, qui est de gonfler, grossir (d'immenses exploitations avec des milliers de bêtes parquées comme dans des zoos). Ou ils mettaient la clé sous la porte. En conséquence de quoi, cessant de fréquenter l'école de commerce que nous venions d'entamer aux côtés de gens comme vous, chers voisins, nous dûmes nous consacrer aux seules tâches de la ferme. C'était il y a dix-sept ans et, à partir de là, plus jamais nous n'entendîmes hurler les ressorts du matelas de la chambre à coucher, ni reculer le mur. L'Europe et sa folie de croissance avaient tordu le cou aux joies vociférantes des parents. Aujourd'hui ? Ils sont morts et la ferme a été vendue. Quant à nous, nous avons une société de jardinage. Nous avons fondé une famille, que nous aimons. Nous avons un hangar plein à craquer d'outils qui tranchent et de bidons d'essence pour nos engins. Nous nous levons tôt et nous en sommes récompensés, nous avons de l'argent. Le week-end, nous travaillons aussi, au noir. Et plus les gens qui font appel à nous sont riches, plus la taille de leur piscine impressionne, plus nous les torpillons. Du reste, nous avons des jeeps qui rejouent très bien le bruit du John Deere de nos pères. Nous avons une piscine. Pas à plaindre, non. Le matin, nous laçons nos chaussures à coques de protection, devant la fenêtre où le même merle chantonne, sur le même arbre, la même triste rengaine. Un café au lait avec trois sucres et des tartines au sirop Gouda. Aux types comme nous, il faut des forces. Et des oreilles visibles depuis Neptune, car rien ne nous plaît autant que les choses propres et nettes comme un tour d'oreilles dégagé, chers voisins.

Sur nos chantiers, nous mettons la musique à fond. Des radios de merde, car elles aident à ne pas penser. Notre trip ? Le bruit. Faire tourner le moteur de nos machines en continu. Pour vous, bien sûr, c'est embêtant. Gens de la ville ici venus chercher le calme, vus par vos yeux, nous sommes des beaufs. Nous avons encore quelques poules, oui, parce que nos enfants aiment ça. Mais nous n'avons pour elles aucune patience, particulièrement quand elles souffrent de cette étrange maladie qui vient de les frapper : elles couvent des œufs non fécondés, les bougresses. Ne mangent plus. Ne boivent plus. Ne dorment plus ! Tout ça par rêve d'être mamans. Tout ça parce que l'espèce Poule, à travers elles, veut se perpétuer ! Hier, nous les avons forcées à se lever. Ou elles se levaient, ou nous les transformions en bouillon. 40 ans, oui. Nous sommes au carrefour de la vie, nous ne voulons plus perdre notre temps. Aussi, malgré vos demandes en ce sens, nous ne changerons pas. Quand il fera beau, nous sortirons nos quads et nous en essuierons les roues sur les fleurs et les plantes des talus. Le temps passe, mais il ne nous fait pas grandir. Nous sommes la réincarnation de nos pères, dont nous reproduisons les gestes. Tondre. Tailler des haies. Taper des bêtes. Qui a dit que les gens de la campagne aimaient la nature ? La nature est une garce pour qui la fréquente un peu. “La nature ? Une chose qui prend du temps et envahit tout.” Ainsi parlaient nos pères.

On croit avancer vers une vie qui nous ressemble ou va nous ressembler, mais on ne fait que s’en éloigner, car rien ne nous ressemble. Nous ne sommes rien.

... Si nous pensons encore aux maths ? Oui. Et au petit garçon de nos rêves, qui aimait les garçons ? Bien sûr. Mais nous nous contentons de travailler. Hier, ainsi, nous avons fait du béton. Et vous vous en êtes plaints, car nous étions dimanche. “Pourquoi faire du béton un dimanche ?” avez-vous demandé. Et nous n’avons pas su répondre.

À présent, oui. Nous avons pris le temps d’y penser. Nous avons fait tourner la bétonnière parce que, sous le bruit du moteur, une chose étrange se produit. Il se produit que le monde fond. Tout se tait. Le bruit est un silence comme un autre, chers voisins. Quand notre chien aboie, vous entendez du bruit ; nous, du silence. L’étroite connexion entre bruit et silence. Nous ne jurons que par la matière ? Nous voulons recouvrir la matière. Nous ne jurons que par le bruit ? Nous cherchons la voix de nos pères quand ils jetaient sur nous la couverture aux puces dans la grande pièce aux volatiles. Voilà ce que nous sommes : des êtres qui, faisant crier des bétonnières, veulent faire fondre le monde, de sorte que les arbres, le ciel, les voitures, les piétons, et le bruit incessant des bouches constamment remplies de vaines paroles, que tout cela cesse et n'existe plus, ou sous forme douce. Celle-là même que vous chérissez.

Nous sommes faits pour nous entendre.

Votre yoga et le bruit de nos quads, c'est kif-kif. Voilà ce que nous disons. Ce que cherchaient nos pères. L'Europe les a détruits. La nuit (nous le savons, car leurs rêves sont devenus les nôtres), ils entendaient s'envoler les guêpes et les mouches des murs de l'allée de jardin, affolées par leur corps rêvant de s'y empaler. Ils en rêvaient, s'extasiaient de la moindre saillie, des plus petites arêtes dans la structure des maçonneries, des pics des barrières et des soupiraux, avaient soif des dents des charrues et des herses rouillées traînant dans les pâtures. Leur rythme cardiaque s'affolait à leur vue. Ils voulaient fondre, nos pères. S'évaporer. Ne pas faire de bruit, ne pas faire de mal. Des hommes brisés, ruinés par le travail, mais qui ne voulaient que ça : que le silence se fasse tout au fond d'eux.

Et si on prenait l'apéro demain ? Qu'en dites-vous, voisins ?

Discours d'un pays rétréci

On est venus rongés par le remords, Mamy. N'arrivant plus à boire... Notre journée ? On était censés en faire quelque chose, mais, comme toutes les autres, elle n'a pas commencé. Le jour gît. Glandouille. Ennui. Parler nous insupporte. Mais pas autant que nous taire. Et pas un jour ne passe sans qu'on pense à la chance que vous avez eue de ne pas voir tout ça, toute cette bêtise censée être la clé de quoi, Mamy, on te le demande.

Notre déclin, voilà ce qu'il nous reste.

L'avenir est dans le regret.

S'aimer, bouger, pleurer, être libre, tout ça a fichu le camp depuis qu'ils ont fermé le monde, puis qu'ils en ont jeté la clé. D'autant que pour notre cher président, rivé aux plus hautes branches de cet arbre mort qu'il s'obstine à nommer "pouvoir", tout va systématiquement pour le mieux dans le meilleur des mondes. "De quoi se plaint-on ?" qu'il dit.

Hier, on se sentait tellement paumés qu'on a passé la matinée à faire du sport, en short, dans notre appartement des misères, rue des Cris-Continus. Des kilomètres de bécane électrique dans des cols sans relief. Pas envie de sortir. Pas prêts. Glandouille. Ennui. Juste besoin de suer, Mamy. Manger des barres protéinées, bander nos muscles. Être seuls. Mais, parce qu'il faut se montrer un peu quand même, vers midi, on a sauté dans nos fringues et fixé notre protège-nez bien comme il faut, comme il convient de le faire, et on est sortis. On s'est acheté du tabac en fiole dans le bar à tabac en fiole, et on a bu une bière en contemplant les péniches. Il faisait doux. On écoutait le vent parler. Il parlait, Mamy. Et c'était bon. On se sentait bien.

Et, forts de cela, nous avons toussoté un peu. Une petite toux. Rien de grave. Mais aussitôt, surgi de va savoir où, un type de la police des polices du protège-nez nous est tombé dessus et nous a filé une amende. Parce qu'on avait toussé, malgré notre protection, et que la loi l'interdit.

50 balles !

Bien sûr, on n'avait pas cette somme. Et on le lui a dit. Mais lui, qui par ailleurs ne portait pas de protection, s'est contenté de dire : “Aboule.” Et nous : “Nous ne l'avons pas. Nous n'avons pas cette somme.” Alors il a posé sa patte sur nous, nous a saisis par le haut de la capuche et, comme dans ces régions reculées de Chine ou l'une de ces démocraties de demain, il a redit : “Aboule”, plus fort, tout en nous étirant tels des lombrics en désignant le panneau interdisant de tousser.

On a signé l'ordre de virement, puis c'est revenu, Mamy. L'ennui et le découragement.

Sans nous en rendre compte, on s'est mis à tourner en rond rue des Violettes, le long des cinémas fermés et des bars à chatons, dont on couvrait les murs du pauvre sang de nos poings rendus fous de rage. C'était hier. Et tous les autres jours. Car telle est la respiration présente. Dedans, on étouffe. Dehors, on étouffe encore. De sorte qu'on en est réduits à varier les modes d'agonie ou, si tu préfères, les poisons.

L'art brut et absolu des agonisants. Qui, sachant que tout est fichu, ne peuvent s'empêcher d'espérer quand même.

Vous, pour l'espoir d'un monde meilleur, il y avait la messe. Le curé Reginster. Avec ses oreilles pleines de poils. Nous aussi on a nos musées de la joie, nos paradis à nous. Pour cela, deux options. Le musée du regret ; ou le musée du rien, un grand musée où on se virtualise. Deux options. Ou on rêve du temps où boire un verre entre amis était possible et doux ; ou on poste des photos de nos torses toujours plus épilés, et d'infinis messages et d'incessants coups de gueule... Avec quoi on n'est plus d'accord ? Ne pas être d'accord suffit, Mamy. Tout est dans tout. Ce qui est bon. Ce qui est vrai, ce qui est faux. Ce qui est sincère et ce qui ne l'est pas. Un livre, une pub. Promesses, trahisons. On finit par ne plus savoir sur qui frapper. Mais on frappe malgré tout.

Rongés par la stupeur d'en être réduits à ça (si peu d'intensité, de joie), on cherche la direction de la vie. Sa localisation. Quelle voie ? Quel ciel ? Où est-elle, hein ? Derrière quelles oreilles pleines de poils se trouve la putain de direction de la vie, Mamy ?

Tu sais, hier, on a pris des photos de notre nouveau tatouage. Sur la fesse... Le dragon, oui. Et on les a balancées sur la toile, car on en était fiers, en même temps que, déjà, on en était lassés.

Un rien nous réjouit.

Un rien nous flingue.

Où sont les haricots à couper ? Quelles sont nos tâches du jour ? Des ordres. On veut des ordres et les aboiements de la douceur, Mamy. Tu te souviens quand on venait dormir chez vous, au village de Fraiture, au sommet du col du même nom, au numéro 54 de la rue du même nom ? Arracher les mauvaises herbes, cueillir les groseilles, laver les poireaux et les couper en prévision des soupes à venir, c'était ça, la direction. À présent, on a le cul entre le fauteuil à oreilles de la nostalgie et celui du rien. Des merles mélancoliques. De tristes merles qui, quoi qu'ils fassent, n'en finissent pas de faire signe à l'enfant de jadis. Toute notre vie ressemble à ça, à une chambre d'enfant. Même nos tatouages sont des dessins d'enfant. Quel adulte sérieux se dessinerait un dauphin sur le bras, Mamy ? Ou un dragon, hein ? Qui se laisserait dévaster le triceps par les traits approximatifs de la pieuvre dessinée par son fils de 3 ans ? Les magasins qu'on ouvre ? Des cavernes d'Ali Baba du regret. Ce qu'on y vend ? Les cendres de nos années de bonheur. Radiocassettes, survêtements Adidas. Du kitsch. Les tasses en porcelaine dans lesquelles vous buviez, les mêmes que les vôtres, oui. La marque Boch.

Hier, ces pensées nous ont sapé le moral. Le monde ne nous suffisait plus. Comme s'il se détachait de nous, tels ces voiliers qui quittaient le port quand vous nous emmeniez à Ostende et Middelkerke, l'été venu. Comme si rien ne restait en nous plus de quelques instants. Comme si notre mémoire était un fantôme passé à la centrifugeuse.

On était un petit peu à cran, hier.

C'est pourquoi on a marché jusqu'à la basilique Saint-Barthélemy où, sur la pointe des pieds, on s'est frayé un chemin.

On s'est mis à genoux. On a observé ce qu'il y avait. Le silence. La voûte. Anges pique-niquant dans la lumière.

Prier, non. Mais le silence nous a semblé être un animal fabuleux, qui, bien qu'invisible, circulait dans la nef, derrière l'autel, partout. On est restés comme ça, à prier et penser. Puis, de peur que quelque chose se passe en notre absence, ou de louper un truc, on a envoyé des messages aux amis. Pour être sûrs. Et tu sais quoi ? Alors qu'on jetait sur nos écrans des regards à intervalles dangereusement proches, quelque chose s'est calmé, s'est tu, et on s'est mis à respirer plus paisiblement, car rien ne se passait en notre absence, tu vois. Rien de significatif. Rien de plus important que ce qui se tenait là, dans cette bougre de basilique. Rien de rien, Mamy.

Plus tard, pissant sur le mur du jardin à oranges synthétiques qui donne sur le parvis, on a avisé une série d'affichettes relatant la vie des saints. De petites affiches, avec des mots simples qui parlaient de ces types dont vous étiez fans, toi et Papy. De belles images, doublées de légendes qui nous parlaient, nous attiraient. Si bien que, un moment, on s'est surpris à passer d'une vie de saint à une autre, incapables de rien lire à fond mais néanmoins curieux de tout. On lisait, de plus en plus absorbés. On n'en finissait pas, et c'était comme quitter le monde.

Saint Jérôme, d'abord, dans ce petit *studiolo* où il passa trente ans à accoucher de la *Vulgate*.

Sainte Thérèse Bénédicte de la Croix, qui nous parlait de la nécessité, chaque matin, de se rassembler au lieu de se disperser.

Saint Antoine, naturellement, le saint des causes et des objets perdus, ton préféré, Mamy. Ton idole. Ex aequo avec Helmut Lotti.

Et c'est alors que nous est revenu le visage de Papy, qui lui aussi avait fait vœu de simplicité, à sa façon. On a revu ses yeux. Et, avec eux, on a senti l'entêtant parfum des fleurs du jardin, et l'impossible odeur de lait coupé de miel dont il se gavait toujours. On a revu sa fourche, sa pelle et les seaux en métal défoncé où il jetait le purin. On s'est souvenus de ses champs et de ses cultures rongées par le mildiou. Et est-ce qu'il connaissait, s'est-on demandé, cette fatigue nerveuse qui nous contraint à la vodka et aux pilules magiques ? Se faisait-il penser, comme nous, à sainte Thérèse d'Ávila, dont le pied droit et une partie de la mandibule sont à Rome, la main gauche à Lisbonne, l'œil gauche et la main droite à Ronda, le bras gauche et le cœur dans des reliquaires du musée de l'église de l'Annonciation d'Alba de Tormes, et les doigts ailleurs en Espagne ? Voilà ce qui nous trottait dans le crâne.

Notre démembrement.

Alors on a mis notre protège-nez, pris l'autobus, et on est venus jusqu'ici. Avec des graines de courges plein les poches. Des haricots et des bulbes de pommes de terre. Des zinnias. Des asters. Des tulipes et des tournesols. Et on a fait revivre votre tombe, Mamy.

Discours du haut séquoia

Notre “spatialisation” n’était pas bonne, monsieur le docteur Vandenhout. Gauche et droite, depuis toujours, sont des notions abstraites pour nous. En vertu de quoi l’on nous garda une année de plus à la petite école, quatre années au lieu de trois, monsieur le docteur Vandenhout. Le prix de la débilité. Plus tard, ayant passé d’autres batteries de tests pour vérifier que toutes nos frites avaient bel et bien réintégré le même sachet, nous avons pu nous promener en rangs joyeux sous des préaux, dans des vestiaires de clubs de foot, des camps scouts, des parcs d’attractions et à travers les sombres travées d’églises perdues où nous avons expérimenté l’ennui dans toutes ses incommensurables dimensions. Nous étions des enfants comme les autres, monsieur le docteur Vandenhout. Des enfants gauches, certes, mais jugés aptes à la pratique de la vie sociale. Plus tard encore, nous avons passé d’autres tests, obtenu l’un ou l’autre diplôme, rempli quantité de formulaires, fait tamponner quantité de certificats dont nous ne sûmes jamais ce qu’ils signifiaient, tant et si bien qu’à l'issue de nos 21 ans, manquant de l'élémentaire (tout), nous dormions dans des niches à cobayes où des scientifiques comme vous nous droguaient et nous étudiaient pour 17 sous la nuit (eux gagnaient plus, monsieur le docteur Vandenhout, c'est évident). Parallèlement, les jours de repos, nous prîmes l'habitude de faire cracher le coq miniature de nos réveille-matin dès 4 ou 5 heures, puis d'arpenter les lieux de la déveine où M. Pol Emploi exigeait que nous nous présentions avec nos recherches mais surtout nos preuves de recherches. Lettres de motivation et CV, monsieur le docteur Vandenhout. De sorte que, ces jours-là, nous avalions de vieux restes de pizzas à l'ecstasy du week-end et, une douche expéditive et huit chapelles en RER plus tard, buvant notre premier Red Bull, nous partions à la conquête de ces entretiens censés nous ouvrir la glorieuse porte du monde du travail.

Nous ne voulions plus entendre parler ni de niches à cobayes ni d'expérimentations médicamenteuses.

Nous avions 27 ans. Polis et verts comme l'est le bois de la jeunesse, monsieur le docteur, nous étions écœurés lorsque nous nous faisions débouter, mais repartions au quart de tour, plus motivés que jamais, sitôt la sentence tombée (la sentence était toujours NON). Le métier d'homme : nous voulions apprendre ce métier. Lui seul nous importait, aussi faisions-nous des formations "qualifiantes", comme disait M. Pol, en même temps que des sessions de mendicité, dont personne ne sut rien. Ni notre famille ni nos amis. Nous étions de bonne volonté, faisant tout pour nous rendre désirables aux yeux d'un monde qui ne nous désirait pas, et où, monsieur le docteur, pardon de l'ajouter, nous avons toujours eu le sentiment d'avoir été salement jetés.

Enfin, un jour, une voix a répondu à notre appel. "Entrez. Il y a de la lumière dans vos yeux", nous dit-elle. La seconde d'après, nous étions passés de l'autre côté. Le badge rose du travailleur nous collait à la chemise, nous crânions, car pour la première fois nous pouvions boire des bières de qualité supérieure, manger des burgers de qualité supérieure et nous reposer. Tout devint supérieur. Et pourtant, par habitude, nostalgie, ou parce que le malheur est une chose circulaire, nous en restions aux marques infâmes de notre adolescence. Pourquoi changer ? Nous avions 29 ans et, tous les matins, nous partions déverser des sacs de plâtre sur les chantiers de la stupeur, construire des tours de pierre et de métal, de même que des voitures rapides au moteur comme personne, jamais, n'en avait entrevu. Nous étions constructeurs, en bas de la chaîne, et l'on nous aboyait dessus. Nous bossions mais nous restions pauvres. Moins pauvres qu'auparavant et moins pauvres que d'autres, mais fauchés quand même. Et c'est alors que nous comprîmes que la pauvreté aussi est circulaire, que nous n'étions nulle part, quoi qu'en dise M. Pol. Nous travaillions, docteur, mais notre bonheur restait absent.

Notre bonheur, on nous l'avait lancé comme une balle de dressage canin dès notre prime enfance, et voilà qu'il restait introuvable, quoi que nous fassions et quel que soit le cœur que nous y mettions. Pire, il s'éloignait au rythme de jours qui, plus encore que si nous dormions, se passaient comme en notre absence. Sans nous. Et c'est pourquoi nous continuâmes à faire ce que nous faisions, mais en mode économe. Mettant des jours pour finir des chantiers de quelques heures.

Puis nous nous sommes mariés. De belles années. D'admirables enfants nommés Jasper, Ronni, Zaïda, Ashley et Marie-Thérèse. Mais, malgré tout, nous buvions, buvions de plus en plus, car nous souffrions de partout, tant et si bien que notre ventre se mit à ressembler à la barrique de rhum qu'était celui de nos pères, et alors nous comprîmes que le malheur est largement plus circulaire encore que le bonheur. Nous prenions des pilules pour tenir le coup, pour dormir, des pilules pour garder la foi, pour rester éveillés, pour bander. Nous nous étions perdus, docteur. En nous, nous ne portions que l'incertitude du temps. Elle bégayait en nous. La nuit, elle se nouait à notre respiration. Et nous buvions sept ou huit canettes de plus puis remontions nous coucher, et ce qui nous préoccupait, ce n'était pas si nous allions pouvoir nous endormir, mais comment ne pas nous réveiller.

Et puis, un jour que nous allions sur nos 34 ans – bon Dieu de bois ! où passe le temps ? –, la chaîne du monte-charge du chantier où nous pourrissions s'est coincée dans un arbre. Sur ce chantier immense, près de la gare. C'est ça. Si bien que nous avons entrepris de grimper à l'arbre afin d'en libérer la chaîne, et, de là-haut – un bien bel arbre, docteur, fort, droit et amical dans sa façon de nous porter –, nous vîmes les choses différemment.

Nous avons décoincé la chaîne.

Le moteur du monte-charge a repris, ainsi que les travaux.

Mais nous, juchés au paradis et regardant nos mains qui venaient de défaire la chaîne, le monde entier nous apparut sous un autre jour. Nos productions et nos machines, les mille et un projets que nos mains avaient contribué à faire sortir de terre, tous les obstacles que nous avions franchis pour en arriver là, à ce perfectionnement qu'est le badge rose du travailleur, tout cela nous sembla inique, indigne.

L'heure passa. Les collègues, qui quittaient les lieux, finirent par nous oublier. La nuit tomba. Et, en même temps que nous pensions au baron perché de Calvino dont nos professeurs étaient fans, nous traversa l'idée que la grande erreur consiste à se montrer, qu'en tout état de cause le mieux est de ne pas apparaître, monsieur le docteur Vandenhout. Cesser de courir. Ne plus agiter la marionnette furieuse que nous sommes. Comprendre – sentir – l'absence de logique d'un monde qui fonctionne sans connaître le repos. Nous étions là. Nous observions le monde depuis le seul endroit où nos problèmes de spatialisation cessaient d'en être.

Au point que, le lendemain, nous sommes discrètement descendus, avons discrètement enjambé les grilles barbelées, évité les contrôles, les quads banalisés de la police des polices, puis nous avons longé les autoroutes où tout gronde et vrombit, et, saisissant nos épouses et nos gosses, nous avons cheminé sur des terres troubles, entre des roches déchues et déchirées, comme dans ce film de Gus Van Sant dont nous avons oublié le titre. Et nous avons grimpé ici, dans ce haut séquoia d'où nous nous entretenons avec vous.

Inutile.

Nous ne descendrons pas.

Jouer à cache-cache dans les branches en attendant la nuit, quoi de mieux ?

... À nos enfants ? Nous contons des histoires tirées d'on ne sait où. À moins que nous n'ayons vécu certaines d'entre elles, docteur ? Que nous ayons été heureux un jour ? Que la joie, jadis, ait fait partie de nous ?

... Quelles histoires nous leur racontons ? Toutes les histoires nous soignent, toutes guérissent. Nous les leur racontons. Quelles qu'elles soient.

L'histoire d'une vieille aux cheveux lilas, qui coupe des oranges de montagne et les mange, avec un morceau de pain tartiné à la margarine, dans une maison qui tremble de partout.

Une octogénaire qui ne fait rien, qui tricote des maillots de bébé en regardant *Les Feux de l'amour*.

Un homme qui prend son bain en fermant les yeux, parce qu'il éprouve comme ça plus intimement la chaleur de l'eau.

Des gamines portant des chapeaux de paille, dans des villages perdus de mondes perdus, qui sourient en fixant le soleil et s'imaginent ailleurs. En Sicile. En Sardaigne. Juste ça.

Une barque en bois qui traverse le temps.

Un type qui se pisse sur la chaussure et dégoise des insanités.

Le scalp d'une glace à la framboise qu'un môme fait tomber dans le ruisseau où glissent les bateaux blancs qu'il a construits avec son père.

Un mur couvert de plantes volontaires.

L'été qui part.

Un oncle artiste, qui enfouit ses bouteilles de cidre dans la terre de son jardin-potager, qui en est criblé.

Le sommeil de vieux coffres à jouets dont on ne trouve plus les clés.

Les crises d'asthme d'enfants qui n'auraient pas dû suivre la route des vivants, mais l'ont suivie quand même, docteur, malgré tous leurs problèmes de spatialisation.

Discours de la minorité devenue majoritaire

Hier, nous étions les filles de la marge. Marginaux, nos mots ne disposaient pas d'étiquettes de prix et nos livres, lorsqu'il arrivait qu'ils se vendent, s'écoulaient à trente-quatre exemplaires. Sauf que ce n'étaient même pas des livres, mais des plaquettes de six ou sept pages. Des textes boiteux auxquels les gens n'accordaient aucune attention, car leur langue, la langue peu lisible de nos livres d'autrefois, était truffée d'astéroïdes. Nos mères n'y comprenaient goutte. Elles ne comprenaient pas pourquoi nous écrivions dans ces langues connues de nous seules, nos langues sacrées volontiers entrelardées de boue, nos bonnes vieilles langues des cavernes toutefois pleinement tournées vers la lumière, puisque tel était ce que nous voulions. Briller. Accumuler un maximum de vitesse en frottant nos langues sur la pierre la plus pure. Et ne pas être comprises.

C'était de la magie.

Nos douleurs, nous les recyclions.

L'ombre paternelle, nous la troquions contre des comètes, des lumières et d'autres astéroïdes. Tandis que nous puisions dans le repli de nos mères la force de notre élan. En somme, qui tentait de nous saisir, de nous percer à jour, en avait des angines de poitrine.

... Nos mots ? Ils nous collaient aux tripes comme les enfants que nous n'avons pas eus. On en avait partout, des mots, toujours plus. Personne n'attendait rien de nous et séduire un public était une idée tellement saugrenue qu'elle n'en était pas une.

De bien des manières, on écrivait de guingois.

Des mots enrenardés.

Enforestés.

... Nous tendait-on quelques micros, à l'époque ? Mais, monsieur le journaliste, depuis quand les vertes années ont-elles besoin de micro ? Quel message si urgent avions-nous à délivrer au monde, pour qu'il nous faille impérativement nous saisir d'un micro ? Le seul enjeu, nous pouvons le résumer avec ces mots d'Ingeborg Bachmann, que nous lisions comme des possédées et aimions plus encore : "Je dois te dire, avec la dernière neige / au jardin, le mot a fondu / Par tant et tant de pierres nos pieds sont si blessés / L'un guérit. Avec lui nous voulons sauter / jusqu'à ce que le roi des enfants, dans la bouche la clef / de son royaume, nous emmène et nous allons chanter / Qu'il est beau, le temps où germe de la datte le noyau ! / Toute personne qui tombe a des ailes." Vous voyez ? Tout ce qu'on voulait, c'était l'ivresse et la vitesse du conte. Des mots qui fusent comme des balles de Kalachnikov et nous emmènent loin de l'autre langue, celle que l'on nous enseignait et dont la présence a toujours menacé notre santé. En présence de l'autre langue, notre caboche a toujours sécrété le champignon de l'asthme, qui devint notre meilleur ennemi dès l'âge de 10 ans, âge de nos premiers textes anarchistes et de nos premières crises, quand nos bronches présentaient l'aspect d'une allée de jardin jonchée de feuilles mortes. Les feuilles s'y entassaient. Et nous, nous y vivions. Parmi les feuilles qui écrasaient tout, bouchaient les corniches des maisons de campagne de nos pères, faisaient pourrir leur gazon, l'asphyxiaient. On n'a jamais écrit pour être aimées. Tout ce qu'on voulait, c'était offrir à notre corps un espace de sincérité où il pourrait se libérer à la fois de son sexe, de sa taille, de son poids, de sa voix, de sa couleur de peau, de son nom et de l'ensemble de ses fardeaux communément appelés “attributs”. Et non seulement notre langue fut ce lieu, mais elle remplaça notre corps et prit toute la place. De sorte que nous n'existions plus qu'en chantant. Comme ils sifflaient, nos mots ! Au point que, quand nous nous retournions pour en percer le sens, nous aussi nous en avions des angines de poitrine.

Tellement ils allaient vite. Loin. Haut.

Nous avons ressenti ces choses.

La joie d'une langue qui ne doit rien à personne et dont même nous nous ne répondions pas. La liberté !

Une langue de chasseuses et chasseresses d'asticots et de mangeuses de marne.

À 15 ans, cela changea. Nous avions tant noirci de carnets que nos mots en devinrent transparents... Comme des truites à travers l'eau de l'étang, si vous voulez, oui, monsieur le journaliste. Nous les voyions danser et remuer la queue, ondoyer dans les algues. Ils avaient vécu si longtemps dans la nuit qu'ils avaient appris à s'y repérer. C'est l'époque où nous avons commencé à signer nos poèmes, d'ailleurs. Jusque-là, notre langue s'y était toujours catégoriquement refusée. Mais, dès nos 15 ans, même les plus infimes de nos productions (mot lui-même catégoriquement refusé) se virent apposer le sceau de la propriété. De même, nous commençâmes à voir affleurer quelques thèmes récurrents à la surface de nos poèmes. Le fait d'avoir été violentées (la fameuse ombre paternelle). Le fait d'avoir la rage à l'idée de grandir dans ce monde décérébré. Le fait de ne pas parvenir à s'incarner mieux, de se sentir flottantes, floues. D'autres avaient des envies de lutte, laquelle devint aussi un thème récurrent.

Nos mots, autrement dit, étaient devenus lisibles.

À 25 ans, les plus matures donnèrent leurs premières interviews. Et vous vous en souvenez : c'était vous à l'autre extrémité de la perche, car vous ne posiez pas encore les questions, vous étiez aspirant poseur de questions. Parallèlement, certaines formaient le vœu d'écrire un roman. C'était leur obsession. La poésie ne suffisait plus. Il fallait passer au roman, à la clarté de la prose. Et c'est ainsi que des voix s'élevèrent pour dénoncer la violence de leurs pères, leur enfance dans des cages à poules sans lumière, et que de longs récits sur des événements jusque-là passés sous silence virent le jour. Nous en vînmes au roman aussi, et aussitôt les gens se mirent à nous lire, la presse à parler de nous, et l'on vit nos têtes au JT : "Le phénomène de la rentrée !" "L'événement de la rentrée !" C'était vrai. Nos trente-quatre exemplaires avaient été multipliés par cent, par mille et nous nous arrêterons ici, monsieur Jean de La Gazette. Naturellement, nous avions signé chez de grosses maisons. Tant et si bien que ce ne fut pas notre vie seulement qui changea, mais le réel entier. À présent, nous étions plus réelles que les autres, car "n'est réel que ce qui est plébiscité", se plaisaient à répéter nos attachés de presse, qui répétaient les mots de nos agents. "Les poèmes d'Ingeborg Bachmann ? Personne ne les connaît, donc ils n'existent pas." Ils disaient ça pour nous aider. "Ce qui rencontre un public existe, ce qui n'en rencontre pas n'existe pas." En quoi l'on voyait bien le caractère tautologique du succès (ne marche que ce qui marche), mais nous jouions le jeu. Point.

En interviews, la poésie déserta nos discours. Et quand nous nous envolions un peu, notre poésie n'en était pas moins une poésie de communicantes. Nous avions à cœur que l'on nous lise, monsieur le journaliste. À cœur d'être aimées. Nous ne jurions que par ça et reniions en masse nos engagements premiers. Toute personne qui tombe a des ailes. A-t-on besoin de *tout* un poème pour exprimer ça ? Les gens qui nous lisaient voulaient saisir ce qu'ils lisaient. “Un beau roman.” “Une ode à la liberté.” “Bouleversant.” Vous, vous jubiliez. Des livres engagés, des thèmes universels et qui se lisent avec une “petite musique dans la tête”. Voilà ce que vous vouliez. Et nous, pensant que nous vous devions la clarté, nous en jouions la partition jusqu'à la caricature. Soit. Nous avions compris que, pour être aimées, il faut délivrer des messages clairs et se faire les porte-voix de causes en lesquelles d'autres se reconnaissent. Parler de nos maladies orphelines, du fer à repasser que nos mères un jour avaient apposé dans notre dos pour nous rendre droites et conformes, ou encore du mégot de clope qui, après que nos pères l'avaient fourré dans notre nez, nous fit souffrir de cacosmie. Dire ça, mais comme si “ça” pouvait arriver à tout le monde, mieux, était déjà arrivé à tout le monde, sans que personne ne s'en souvienne, ou n'ait osé le dire, jusqu'à nous.

Nous avions 30 ans. Nous avions du succès et étions sans égales pour répondre au petit questionnaire de Proust, parler de nos coups de cœur ou semer Dieu sait quels conseils dans les pages folles des magazines. Conseils d'écriture. Conseils santé. Nous les cherchions, vos micros. Nous ne voulions plus que ça. Prendre de la place. Que la fourmi se fasse dragon et la marge pleine page.

C'est fini.

Nous avons passé trop de temps dans la lumière. Tellement de temps que nos mots sont devenus des slogans. Notre colère est devenue slogan. Notre lisibilité a eu raison de nous. À cause du succès, nous sommes devenues les filles qui écrivent tels et tels types de livres, les filles-hyènes qui dénoncent les pères violents, les filles chantant la liberté de s'affranchir des vieux mégots, et nous n'en pouvons plus.

Voilà pourquoi nous sommes là. Nous rendons le gant, monsieur le rédacteur en chef, monsieur l'ancien perchiste, monsieur le journaliste officiel, monsieur le chroniqueur, monsieur l'animateur d'émissions culturelles, monsieur l'animateur comique, monsieur le haïsseur de poésie, monsieur l'ami des faits divers, monsieur l'écrivain à ses heures. À l'origine, il n'y avait qu'une envie. Vous le croirez ou non. Vous l'écrirez ou non. Vous voulez qu'on vous dise ? Rentrer dans chaque mot avec tout notre corps, c'est-à-dire à la fois notre absence de corps et notre infinité de corps.

Un corps libre est impersonnel.

Toutes petites, on crevait à l'idée d'être mises dans des cases. On voulait être nombreuses, incendiaires, violentes, incertaines, improbables. Mordre les mecs. Et les filles. Avoir des cheveux de paille et de pagaille et roter en sentant que nous étions puissantes et importantes, mais pas plus et pas moins que les eaux de l'étang et celles du torrent. Et, pour cela, il nous fallait changer de forme, et non seulement de forme, mais d'armes et de chants et de cris. Nous avions cent voix. Nous en avions cent mille. Et qu'en reste-t-il ?

Nous ne serons plus binaires.

Ni filles ni garçons.

Mais les deux.

Filles et garçons.

Et, en même temps, aucun des deux.

Nous serons autre chose. Autrement.

Les oppositions, les logiques binaires ont tout détruit, jusqu'au sel de la terre. Or si le sel perd sa saveur, avec quoi la lui rendra-t-on ? N'essayez plus de nous atteindre. Ne nous parlez plus. Ne nous appelez plus. Elle est là, la vie. Se contredire. Constamment se transformer. Le pire ? Ce serait de nous mettre à signer des livres écrits avec les mêmes mots que les vôtres. Les mêmes que ceux qui bouchaient les corniches de nos pères et nous filaient de l'asthme.

Mais cela n'arrivera plus. Ah ! Nous reprenons le maquis, monsieur le journaliste.

Vive les angines de poitrine ! Vive l'asthme ! Vive Ingeborg Bachmann et vive la poésie !

Discours d'une douleur sans nom

Chers maris, voici une lettre. Nous l'écrivons depuis notre lit. Vite, car le temps manque. Une lumière nous appelle, près du ciel étoilé, mais nous n'en voulons pas, pas encore, du ciel et des étoiles.

C'est drôle.

Quand vous nous aurez déposées dans la terre, vous serez seuls avec les enfants. Est-ce que tout ira bien ?... Vous le jurez ? Nous, ça ira. Tout est devenu si sombre, n'est-ce pas ? Nous croyons que nous nous sommes fourvoyés, nous, la génération des trentenaires et des quadragénaires. Nous avons formé des familles trop tôt, trop jeunes, et nous ne nous y sommes pas retrouvés. Nous le pensons. Nous avons travaillé comme des brutes pour gagner trois fois rien. Nous avons tant donné.

Mais ce qui nous a rendues malades, c'est autre chose. C'est l'enfance. Sa collision avec le monde d'après.

Notre enfance n'était pas particulièrement aisée, pourtant rien ne nous manqua. De sorte que nous avons eu la chance de grandir au milieu des "belles" choses (vieux meubles, pâtisseries et odeurs de cigarillos), lesquelles nous ont toujours comblées de nostalgie puisque, adultes, nous n'avons pas été en mesure de les ressusciter.

Nous voulions égaler nos parents, faire comme eux. Prospérer. Mais nous manquions d'argent et puis, nous voulions tout et son contraire.

Vivre en ville et à la campagne. Vous vous souvenez ? Tout. On voulait tout et son contraire.

On rêvait de vans California, de camping-cars et de gros engins hors de prix qui nous mèneraient au cœur des bois et nous ensauvageraient. C'est incontestable, la sauvagerie nous a manqué. Avons-nous bien fait d'avoir des enfants ? Bien sûr. Même si, chacun à notre tour ces dernières années, nous avons formé le vœu de ne plus vivre ensemble. Entre nous, quelque chose ne fonctionnait plus, malgré l'amour immense.

Or nous avons tenu.

Vous dans le petit cabanon.

Nous dans la petite verrière.

Aucun "calendrier de gardes" n'a défini les jours où nous serions tenus de voir nos enfants, ni la hauteur des frais que nous devrions engager pour leur scolarité.

Nous étions séparés, mais ensemble.

Nous n'avons pas dû nous saouler pour nous habituer à l'absence des enfants, la supporter, comme tant de nos amies ont eu à le faire et le font encore. Nous, nous nous saoulions par désespoir, parce que le monde nous rendait malades. Tristes et malades. Nous y revoilà. Nos fameuses douleurs. Notre fibromyalgie. Notre syndrome de fatigue chronique. Notre incapacité à entreprendre ce qui pourtant nous faisait signe, comme cette lumière. Pas encore. Nous vous aimons. Nous n'avons pas fini.

Nous, c'est la douleur qui nous a faites, elle qui nous a toujours clouées à nous, telles à des croix. Sans douleur, nous n'étions rien. Nous le disons. À cause de l'état du monde, nos yeux se sont cerclés de noir, nos nuits se sont changées en chaises électriques, la vie est devenue une autoroute à trois bandes pour la circulation de nos peurs. Où que l'on aille, la tristesse s'insinuait. Nos bonheurs étaient pleins, avant. Avec le temps, ils ont ranci.

Nous allons dire autre chose.

Trouvant la force de sortir, l'autre jour, nous nous sommes procuré de petites carabines à plomb en provenance du bar à fusils – vous savez, à côté du jardin à oranges synthétiques. Nous voulions parader, une fois dans notre vie. Mais, plus encore, tirer dans le tas et que les gens s'encourent, qu'ils fuient. Voilà ce que nous voulions et nous n'avons pas honte, car nous avions besoin d'espace au milieu de la cohue et du tohu-bohu. Mais vous savez quoi ? Prises d'une mauvaise toux, nos pauvres carabines ne propulsèrent que trois ou quatre sinistres "pwouèt", et aucun plomb. Pas le moindre plomb.

Autrement dit : même quand nous voulons attaquer, que nous voulons faire mal, c'est un échec. Pourquoi ? Parce que, de la même manière que nous sommes condamnées à souffrir, nous sommes condamnées à être sages. Toute notre éducation repose là-dessus, sur de sinistres et inoffensifs petits "pwouèt". Comprenez-vous ?

Voilà pourquoi nous sommes tombées malades. Et vous qui écopiez, avec tous nos enfants. Détruites, allongées dans la petite verrière et incapables de travailler, nous maudissions nos chers parents pour la chance, l'insouciance et la sécurité qui avaient été les leurs.

Leurs maisons, les noms stupides qu'ils donnaient à leurs chiens stupides, qui s'étaient mis à nous remplacer au fil des mois et des années tandis que leurs voitures devenaient toujours plus grosses en bas de l'allée de jardin.

Vous aussi, avec vos préoccupations, vous enviiez les taux auxquels ils avaient acheté leur maison (oh ce jardin ! oh ces arbres !), leur calme, les voyages auxquels ils avaient goûté, leur lune de miel en Inde, l'autre à Acapulco, leur télévision neuve. Tout, nous avons tout envié. Et jusqu'à leur façon d'aller à l'église sans se poser de questions. Leur façon de croire en Dieu et de voter, de croire en Dieu comme ils votaient, en fait, sans conviction particulière et moins par habitude que par hébétude. Et maintenant, où sont leurs excuses ? Viendront-elles ?

Longtemps, nous sommes allées chez eux dans l'espoir de leur balancer tout ça, mais, n'en ayant pas eu le cran, nous sommes tombées malades, comme Sylvia Plath, comme Fritz Zorn, comme tant d'autres fêlés. C'est qu'il fallait être sages. Propres, afin de ne pas les décevoir. Faire bonne figure, y compris les fois où nous errions telles des chiennes affamées dans les tranchées de la déveine. Bien nous tenir. Un bon travail (alors que nous raclions le fond des plats), des objectifs, une hygiène de vie, des valeurs ad hoc, une écoute idoine, la dose d'humour qu'il faut. Alors qu'en nous, carnage. Nous n'étions sûres de rien. Pas même de notre respiration.

Et, de retour chez nous, nous fondions en larmes et nous nous maudissions, tant nous rêvions de leur parler. Qu'ils sachent, par exemple, que le jour où ils prirent leur retraite et sablèrent un jéroboam devant un parterre de potes, qu'ils sachent que leurs petits-enfants avaient mangé leurs rognures d'ongles au dîner. Au lieu de quoi nous ravalions notre salive, car nous étions les plus douces des plus douces et les plus gentilles des gentilles. Que voulez-vous ? Le concept de souffrance avait beau ne pas avoir de secret pour nous, l'expérience sadique, elle, nous demeurait inconnue. Quant à l'expérience masochiste, elle n'était jamais loin. Car ainsi retournions-nous, semaine après semaine, leur dire bonjour, telles des mortes de faim... Que voulait-on ? Qu'ils nous disent qu'ils nous aiment. L'ont-ils fait ? Non. Mais nous continuions à nous rendre sur les lieux de notre propre crucifixion. Sans autre fin que l'épuisement. Sans autre possibilité d'arrêt qu'une défaillance. Puisque telle était la vie que nous menions... Oui, vous pouvez. Vous pouvez vous asseoir près de nous. Mais jurez que demain vous emmènerez les enfants loin d'ici. Ne leur montrez pas la tombe, ni le reste. Partez. Enfoncez-vous dans la nuit. Toujours plus... Avec la caravane, oui, celle avec toutes les bosses sur le flanc. Roulez. Et lorsque le monde vous montrera son visage le moins accueillant, faites halte et installez-vous. Mais là où vous ferez halte, pensez qu'il n'y aura plus de sapins de Noël et que tout ce qui rappellera les fêtes devra être banni. Bien plus, parce que la nostalgie s'attache à un rien et qu'il convient d'être exhaustives, seront également bannis les souvenirs des goûters d'anniversaire, communions, mariages, excursions, vacances et batailles d'eau dans le jardin des plaisirs, réminiscences, sourires. N'emportez ni livres ni photos en rapport avec l'ancien temps. Jurez-le ! Préparez les petits au combat. C'est ce qui nous a manqué. Une rage tournée vers le dehors. À la place des mains, veillez à ce qu'ils n'aient ni nos trous, ni nos "pwouèt", ni nos excuses. Dans le crâne, ni nos indécisions ni notre peur. Pour une éducation efficace, prenez les devants. Une chose inutile maintenant ne le sera plus demain, de même qu'une chose indispensable hier peut se révéler toxique aujourd'hui. Ainsi de notre éducation, certainement parfaite pour l'époque, mais désastreuse pour ce monde sans amour. Les petites filles que nous avons été, nos sacro-saintes humilités, notre écoute, non seulement tout ça n'a plus cours, mais cela s'est retourné contre nous. Nous a mangées. Faites-le, n'est-ce pas ? Formez-les. Qu'ils apprennent à chanter au milieu du béton bombé, sous des pluies de météorites, à faire un feu avec des pleurs, à se débrouiller avec trois vis et deux chevilles trouvées par terre pour construire des machines, deux sous et quelques frusques sauvagement tricotées pour contrer le givre. Comme dans *La Route* de McCarthy. Qu'ils tuent et vengent leurs mères aux nerfs blessés. De même, qu'ils prient le dieu des rivières et des lunes rousses, tout en se tenant prêts pour l'heure où, richesse et pauvreté n'existant plus, la seule justice valable consistera à se tenir droit dans la bataille, dans les forêts ou ce qu'il en restera, les prés ou ce qu'il en restera, en buvant dans des grottes oubliées, taillant des pierres. Chassant. Mordant. Jamais plus doux. Jamais plus doux.

Discours d'une joie revenue de loin

Ce jour-là, nous avons éteint la lumière et nous sommes sortis.

C'était l'époque où nous travaillions comme magasiniers dans l'une des trois enseignes du pays. Magasiniers et non plus pianistes, sculpteurs, écrivains. L'État ne supportait plus le bruit de nos plumes et nos fameuses "prises de position", comme il disait. Elles embrouillaient l'esprit des gens. Elles ne servaient à rien.

Précisons que la crise sévissait depuis des mois et que, tout le monde le sait, notre président ne voulait plus transiger. Le temps des demi-mesures était fini. Il fallait se retrousser les manches, trouver de vrais emplois et relancer notre économie une fois pour toutes, hurlait-il lors de la traditionnelle minute présidentielle, le soir à la télé. Et c'est ainsi que, contre le cours des choses et de notre santé, nous sommes devenus magasiniers. Instruments de l'État. Termes de l'État. Chaque jour, nous disposions des jarres de lentilles corail au pied des rayons, des bananes équitables dans des corbeilles en faux osier et du jus de seitan dans des dames-jeannes en toc. Une suite ininterrompue de gestes qui ne trouvaient en nous ni leur source ni leur fin. Par chance, nous avions cessé de penser. Pamphlets et diatribes, Partitas de Bach, lesquelles avaient été toute notre vie, poèmes, qui nous avaient sauvés bien des années plus tôt, sculptures non en glaise mais en bois de pommier ou de merisier, comme tout ça était loin et s'oubliait en nous ! Ne restait que des jarres de lentilles corail, de la bouffe équitable, où que nous regardions.

Nos enfants nous trouvaient courageux. Car, avec notre salaire, nous avions pile de quoi acheter nos propres lentilles, des bières artisanales plus quelques bananes plus ou moins équitables. De quoi payer le loyer et ces trucs qu'on nous refourguait sous le nom de "bonheur". Nous ne partions plus en vacances. Nos voitures s'étaient transformées en caisses à savon. Des lianes jusque dans le moteur. De leur côté, nos épouses vendaient des maillots et des piscines gonflables dans d'autres grandes enseignes. De la crème solaire et des pinces à épiler. Des bouées, des bracelets de pacotille... Dans le quartier des bars à barbe, oui, près de la grand-place et de la statue à l'effigie du président. Nous vivions avec la peau sur les os et 1 350 euros par mois. Répétons : 1 350 euros. 600 euros pour elles, 750 pour nous. De quoi se plaignait-on ?

Nous ne regardions plus la télé. Nous regardions d'autres écrans, mais sans savoir ce qu'ils affichaient. Nous étions vannés. La fatigue nous clouait sur place. Pour économiser, nous nous mîmes à manger du seitan de contrebande et des pois chiches de moindre qualité. "À vous qui produisez tout et qui n'avez rien que ce que vous laissent ceux qui ne produisent rien et qui ont tout", ainsi digérions-nous, en chœur avec Kropotkine.

Certains soirs, nos enfants réclamaient qu'on leur joue un petit Verdi, c'était leurs mots : "Papa, maman, un petit Verdi ou on refuse de monter !" Si bien que nous nous exécutions, nous en pianotant sur nos cuisses (nous avions vendu le piano) et nos épouses, elles, en chantant douloureusement, comme si chanter sacrait le passage d'une scie circulaire au fond d'elles. Leurs chants étaient si beaux, si tristes.

Le jour où elles sont tombées malades, nous avons continué. Tous les jours. Sauter dans nos caisses à savon comme si de rien n'était. Magasin, remplir les tâches, pas trop penser. Nos patrons ne surent jamais que nos épouses souffraient de douleurs terribles, partout dans le corps. Des douleurs dont on ne trouva jamais le nom. Jusqu'à leur mort.

Mortes sans que personne parvienne à mettre un nom dessus. Un vendredi. Parties, envolées à jamais.

Le jour de l'enterrement, l'État nous fit livrer un bouquet de tulipes biologiques, en provenance de la fagne Saint-Remacle, à quelques kilomètres de chez nous. Puis une facture, pour ce même bouquet de tulipes biologiques. De quoi se plaignait-on ? N'avait-on pas reçu des tulipes biologiques ? N'était-ce pas un geste réconfortant ? Alors ?

Nos enfants jouaient au milieu du cimetière, parmi les fleurs sauvages et celles en plastique. Si petits et si grands.

Nous, on devait payer leur école, payer le fioul.

En conséquence, la bière se mit à couler à flots.

Nos patrons nous en firent le reproche. On faisait peine à voir, pires que des cochons disaient-ils. On buvait trop.

Cela dura huit semaines.

Puis les douleurs de nos femmes sont entrées en nous. À nouveau, des douleurs sans nom. Les médecins, supputant une grave dépression, nous prescrivirent des doses de cheval de joie en pilules. Leur formule préférée. Mais le vide, le vertige et la peur n'en finissaient pas de grandir. Et lorsque la douleur s'éloignait, ce n'était pas pour aller bien loin. Elle nous broyait les os. Respirer nous coûtait toujours plus.

Si bien que, un matin de mars, nous avons éteint la lumière et fermé la porte. Mis la clé sous le pot de géraniums, fleur nationale de notre divin pays, puis semé des graines de courges et de tomates sur les tombes de nos épouses. À nos enfants, nous avons laissé un mot, sous le pot de géranium. *Faites pour un mieux*. Signé : *Papa*. Et, presque sans rien emporter, nous nous mîmes à trottiner. D'abord dans l'allée, puis le long de la grand-route, et puis sur les hauteurs, dans les forêts profondes et bleues de Graciano. Le long des ruisseaux. Nous trottinions. Aussi doucement et tristement que les amours de nos vies, lorsqu'elles chantaient. Nous ne nous arrêtions que pour manger. Le froid nous faisait la vie dure, mais, dans la mesure où il écrasait en nous la douleur, il devint notre remède. Et nous pensions à nos petits, ainsi qu'à tout ce que nous avions perdu. Et nous allions de l'avant.

Levés bien avant l'aube, nous glissions comme sur une eau glacée, écoutions les bruits portés par des formes invisibles et courions en paix, dans le noir, entendant les pierres murmurer, craquer, escaladant des roches que nous dévalions aussitôt, nous rafraîchissant dans les mares, les torrents. Nous ne possédions rien. Un peu de nourriture, un bidon d'eau. Nous détestions les shorts, mais nos jambes étaient nues, car rien ne nous rendait plus vivants que leur exposition aux coups de trique de la nature. Voilà où nous vivions et ce que, petit à petit, nous sommes devenus. Des artistes reconvertis en coureurs de fond. Pris dans les ronces et les glaciers, nos jambes dévastées par le froid, instinct à l'écoute des oiseaux.

Les ampoules nous incendient la plante des pieds ? Nous plongeons ces derniers dans la terre et mangeons des bouts de glands germés dont le rouge écarlate nous réjouit. Nous ne pouvons plus quitter les bois, ni cesser de courir.

Comme Anton Krupicka, notre héros.

Comme avant.

Quand on trouvait la joie non pas avec nos pieds mais avec nos musiques, avec nos voix et nos pensées pauvres mais libres.

L'époque où les femmes de nos vies se trouvaient à nos côtés. Quand nos nuits n'étaient pas les chaises électriques de l'angoisse mais de somptueux répits entrecoupés de gorgées de vin et de plaintes sinueuses. Rien n'est perdu. Tant que nous courons, elles nous regardent. Elles attendent le lever du jour. Nous prennent la main et, munies de ce filet de pêche avec lequel elles ont toujours fondu sur nous, le grand filet de leur douceur, elles nous relancent sur les sentiers, tandis que nous, nous ne rêvons que d'une chose : sentir une dernière fois l'animal brûlant de leur bouche, afin qu'il nous nourrisse de l'odeur de mûres et de lait qu'il laissait toujours sur notre peau. Puis nous nous remettons au travail. Talus, collines, ruisseaux. Nous dévalons. Quand des voitures nous frôlent, pas de stress. Car nous sommes les hommes durs. Mais nous repensons toutefois à l'époque de nos caisses à savon dans les embouteillages.

Pour 750 balles tous les mois, piétiner dans des embouteillages ! Un monde censé aller de plus en plus vite, mais de plus en plus à l'arrêt. Des énergies prêtes à jaillir, mais de plus en plus muselées. Un monde d'infinies solitudes, toujours plus seules et séparées par le pouvoir et l'impuissance du fric. Tous ces objets, tous ces cadeaux dont on ne voulait plus entendre parler, mais qu'on continuait de disperser aux quatre vents de nos contradictions. À présent, le vent nous guide. Nous avons le tempo. Nos pas dictés par le pincement de nos lèvres, tel un chant de duduk arménien : nous n'avons plus que ça. Nous sourions, pensant à Noël qui vient et à notre envie d'offrir à nos enfants des heures de silence, et des kilos de rien, et des kilomètres de temps vierge et de vacance sur les sommets. Avec nous. Un Noël sans papier cadeau. Comme avant, quand notre plus grand luxe était la course, le saut et le lancer. L'explosion et l'ardeur. Quand on était rapides et sans attentes, qu'on ne connaissait rien mais que tant de choses se tramaient en nous. Le temps du savoir par les pieds. Quand, à mesure qu'on trottait, on savait pour les bêtes qui avaient vécu par chez nous, cinq cent mille ans plus tôt. Quand, cachés au milieu de tout ça, dans une végétation basse, dense, drue, on savait pour les hommes, nos ancêtres, armés d'épieux et de lances à pointe acérée, cueillant, chassant et vivant dans ces grottes où ce qui était à l'un était aussi aux autres. Au sein d'une prodigieuse nature. Voilà ce que nous voulons pour leurs cadeaux de Noël. L'intensité de ce qui est bien trop en vie pour penser à laisser une trace.

Et, fermant les yeux, nous rêvons de ce jour où il y aura, à la place du pullulement infini, des ministres des chemins de montagne, des ministres des rues jolies et à enjoliver, des ministres de la planche à roulettes, du tas de bois, du tas de foin, des ministres de la sieste pour tous, des ministres du pardon et de la chaussure de trail, des ministres du souvenir, de la vieillesse et du temps qui passe, des ministres-chiens et des ministres-coléoptères, des ministres à l'écoute des sols, des eaux, du vent, des faibles et des fragilisés. Des ministres de l'importance du songe, de la musique et des mots. Et, ayant dit cela, nous poursuivons.

Discours des questions

Un jour nous avons connu la lumière. À présent, c'est la nuit. Où va-t-elle quand on ne la voit plus ? Se peut-il que la lumière reste cachée quelque part, en suspension, sans qu'on puisse l'approcher ? Comme la dernière note d'un chant qui continue de vibrer après que tout s'est tu ? Ou comme la voix des morts ? Disparu, monsieur le président, ce qui a brillé continue-t-il d'exister sous une autre forme ? D'autres couleurs ? Où va la lumière ? Que devient-elle quand elle échappe aux heures et à nos yeux ? Et, puisqu'il est admis qu'il y eut un jour de la lumière, étant admis que nos peaux sont cuites et tannées de partout, nous demandons : comment, pourquoi et en vertu de quoi ne l'avons-nous pas choyée ? N'avons-nous pas veillé sur elle ? Comment ne pas l'avoir vue s'éteindre ? Ou, du moins, comment avoir accepté de reconnaître qu'elle s'éteignait ?... Ne répondez pas. Chut. Nous avons d'autres choses à dire. D'autres questions. Plus tard, vous répondrez plus tard... Quelles autres questions ? Trois milliards, monsieur le président, car nous sommes trois milliards, trois milliards de torpeurs et de voix enfouies sous des protège-nez. Chut. Ce ne sont pas seulement des mots, monsieur le président, nos questions vivent. Nous les lançons dans les ténèbres avec la force de qui n'espère rien mais attend tout. Nous voulons qu'elles touchent la matière, et de notre douleur fassent des bourgeons. Nous les portons par la parole, pourtant ce ne sont ni des formules ni des discours. Mais nos nerfs, nos nuits blanches, nos santés bousillées en même temps que notre incapacité à dire le mot "avenir" sans éclater de rire, monsieur le président. Dites-nous. Apprenez-nous à dire le mot "avenir" sans éclater de rire... Chut. Nous ne sommes pas en train de dire que nous ne vous aimons pas, mais vos formules à l'emporte-pièce, vos réponses "sur-le-champ", vos engagements bidon... Dire que nous vous aimions, hier. Vous aviez notre confiance. Sans contredit, nous vous l'avions donnée... Qui sommes-nous pour parler ainsi ? Ceux qui ne dorment plus, contrairement à vous, qui n'avez besoin que de trois heures par nuit, dites-vous, et vous vous en gaussez.

Nouvelle question : savez-vous pourquoi on aimerait dormir ?... Ha ha ! Pas du tout ! Monsieur le président, ça n'a strictement rien à voir ! Totalement hors sujet ! Le travail ne nous intéresse pas. À part vous, plus personne n'y croit. C'est une chimère aux yeux vairons. Non, nous voulons dormir pour atteindre la matière du rêve, sa rondeur. Nous tenir au milieu d'images floues et de pensées qui ne doivent qu'à nous-mêmes, voilà ce que nous voulons... Nous sommes lyriques ? Oui, mais c'est l'absence de sommeil qui en est la cause. L'absence de sommeil est notre inspiration. Vous le savez mieux que personne : le lyrisme sauve. D'où ceci : comment se fait-il que nous ne soyons pas encore morts ? Comment se fait-il que nous n'ayons pas renoncé ? Que nous soyons à vous parler, aspirant à relancer nos rêves plutôt qu'au repos éternel, hein ? D'autre part – chut, c'est nous qui parlons –, comment se fait-il que nous pensions à notre vie et à nos libertés comme à des choses lointaines qui ne reviendront plus, monsieur le président des ténèbres ? Notre jeunesse est morte avant d'avoir paru. Nous avions 18 ans, nous en avions 20, 23, 26, et nous voilà, à la dérive, entre le monde de l'enfance et le monde adulte, l'un et l'autre se refusant pareillement. L'un et l'autre comme des continents perdus. Couillons que nous sommes ! Les bières que nous buvions en terrasse, dès les beaux jours, la première fois où nous avons embrassé le sein d'un garçon, la première fois où nous avons fait du camping sauvage, loin de nos darons, à dix dans la même tente et les mêmes vapeurs de shit marocain, tout cela, nous en avons la nostalgie, comme de la dernière fraise de la saison ou du goût de la dernière cerise, si vous voyez de quoi nous parlons. Aussi, de même, pourquoi dit-on déjà “ancien monde” pour parler d’hier ? Notre destin serait-il scellé ?... Allez pisser, d’accord. Mais n’oubliez pas votre braguette. Vous oubliez toujours votre braguette, monsieur le président... Déjà fini ?... Vous allez devoir nous laisser ? Vous n’avez plus le temps ? La campagne électorale bat son plein ? Mais qu’est-ce que le temps, dans un monde sans lumière, qu’est-ce que le temps ? Existe-t-il ? Demain, y en aura-t-il encore ? Pour quoi ? Temps et lumière : si c’était une seule et même chose, monsieur le responsable de nos déraisons ? Si la lumière était le visage palpable du temps, sa caresse ? Et s’il n’y a plus de lumière, où va le temps ? Où se cache-t-il ? Et que fait-on ?

Apprenez-nous à respirer dans le tempo.

Dites-nous comment ne pas mourir de rire quand on parle de lui, quand on parle d’avenir... Certes. Si nous en sommes là, ce n’est pas juste à cause de vous et de vos tours de passe-passe. Il y a nous. Nous avons cru en vous et nous avons eu tort. On ne récolte que notre négligence. Mais tout de même. Il y eut de la lumière et il n’y en a plus. Bonne nuit. Et vous n’avez rien fait. Vous avez regardé décliner le jour comme sur une plage des Baléares, sirotant le Spritz des bienheureux en compagnie de vos amis, ceux possédant le badge VIP. Un vent coulis soufflait. Vous étiez heureux. Alors vous avez ôté votre slip de bain et vous vous êtes enfoncé dans la mer, où vous avez nagé, suivi par les sirènes et les poissons d'argent de votre garde rapprochée. Puis vous avez rouvert les yeux et, enfilant votre costume, vous avez fait le job. Dire et promettre des choses que vous ne faisiez pas et ne feriez jamais, d'une part, entreprendre des choses dont vous ne parliez pas et ne parleriez plus, d'autre part. De sorte que la lumière ne s'est pas retirée en une fois, mais en vagues successives, à mesure de vos trahisons et, nous l'admettons, de notre propension au déni... Naturellement. Tout ce que nous disons est enregistré. Nous sommes les hommes creux, nous avons besoin de preuves. Fracturés, schizophrènes sous nos manteaux de pluie, nous ne savons plus où donner de la tête. Trop de réalités, d'avis, de détails, et en même temps plus rien, comme si tout était vide.

La génération qui veut se battre, qui devrait trouver du boulot, sauf qu'il n'y en a plus, qui veut décroître, quitter le monde de l'argent mais ne pas en manquer, la génération des constructeurs de cabanes pourtant incapables d'utiliser le marteau sans se ficher le clou dans le doigt.

D'où notre stupeur.

Peut-on tenir encore ? Non. Tiendra-t-on ? Oui. Car nous sommes les champions de la contradiction, nos vies entières sont des contradictions. Et, le veut-on ou non, notre sport préféré ressemble fort au vôtre : ne pas faire ce que nous prévoyons et promettre ce que nous ne ferons pas. L'écartèlement. Nos actes sur le flanc droit, nos impuissances sur l'autre. Avancer, reculer, à gauche, à droite...

Vous, comment faites-vous ? Enfiler votre slip tous les matins, vous laver les dents. Comment faites-vous ?

Il y a plus. Si nous avions accepté de voir mourir la lumière, plutôt que de fermer les yeux, où serions-nous ? N'est-ce pas ça qui a tout bousillé ? Penser que la clarté durerait, tant nous flippions à l'idée qu'elle meure ? Mourir d'avoir voulu vivre à tout prix ? D'en avoir constamment voulu plus ? Et si la lumière ne durait qu'à condition d'accepter qu'on peut la perdre ?

Bonjour. Nous sommes là. Stupides et sans avenir, car nous sommes jeunes, mais avec dans le ventre une vérité qu'aucun bûcher, aucune milice et aucune force de l'ordre ne nous empêchera d'exprimer : la certitude que le plus haut degré de développement de votre système, vos sociétés, vos technologies, votre vitesse, est l'endroit précis où le serpent se mord la queue... Chut. Vous parlez tout le temps, tous les jours. Nous vous regardons, vous savez. L'air d'un petit enfant, vous parlez et parlez encore, avec ce sifflement qui humanise jusqu'à vos perfidies. "Que dit-il encore, ce nigaud ?" hurlent nos daronnes depuis le sofa, face à la fenêtre donnant sur le parc à pauvres. "Rien ! hurlent nos darons, pour qui chacune de vos apparitions fait figure de crucifixion. Rien de nouveau, Gertrude, rien de spécial." Oui, monsieur le responsable de nos enfermements, monsieur le ministre, monsieur le détenteur des clés du musée de nos contradictions, nos mères s'appellent Gertrude et nos pères Désiré. Nous n'inventons rien. Tout comme vous, qui mentez en nous rassurant et nous rassurez en mentant. Or nous sommes grands. Nous y vivons, dans la réalité. Ce n'est pas elle qui tue, mais vos fourberies. Parlez-nous en adultes. Merci. Des femmes fières, battantes. Des hommes droits. Ni débiles ni bandits. Tendrement. Dites-nous pourquoi nos voix sont pour vous si lointaines, et ce que vous comptez faire pour contrer ce désert qui enfle entre nos mondes. Dites-nous à quoi nous tenir et d'où vient la stupeur. Avec amour. Faites-le. Comme à des frères. Expliquez-nous la suite. Ce qui se produirait par exemple si un jour nous nous endormions tous à la fois, les hommes et les choses, monsieur le président. Ou bien si nous parvenions à l'inverse, en quelque moment désespérément inespéré, à nous réveiller entièrement tous ensemble. Dites-nous.

PRINCIPAUX GUIDES DU MUSÉE

Roland Barthes (cité dans *Agent secret* de Philippe Sollers), Eugène Zamiatine et son roman *Nous autres*, *Le Baron perché* d'Italo Calvino, "Toute personne qui tombe a des ailes" de Ingeborg Bachmann, la poésie de Sylvia Plath, la poésie de Roberto Juarroz, Fritz Zorn et son roman *Mars*, les livres de Marc Graciano, Verdi (tout), Francis Scott Fitzgerald, Pier Paolo Pasolini et ses *Écrits corsaires*, *La Route* de Cormac McCarthy, Nénène, Mémé, Pépé et Papou, Félix, Victor, Sélim et Delia, Violette Leduc ("Je hais les dormeurs"), *Gerry* de Gus Van Sant, le coureur d'ultra-trails Anton Krupicka.

TABLE

RÉALISATION : NORD COMPO À VILLENEUVE-D'ASCQ
IMPRIMERIE NORMANDIE ROTO S.A.S.
DÉPÔT LÉGAL : MARS 2022. N° 149723 (2106423)
IMPRIMÉ EN FRANCE